Peter Josef Dickers

Du lieber Himmel

Nicht ganz alltägliche Geschichten

Impressum

Peter Josef Dickers, Du lieber Himmel – ´Nicht ganz alltägliche Geschichten

Mönchengladbach, 2017

Alle Rechte am Werk beim Autor
Peter Josef Dickers
Heilstättenweg 33, 41169 Mönchengladbach

Ein Titeldatensatz für diese Publikation bei der Deutschen Nationalbibliothek

Erstauflage Juni 2017
Herstellung: Taschenbuch, Neopubli GmbH
Prinzessinnenstr. 20, 10969 Berlin
ISBN 978-3-7450-7958-6

Das Buch widme ich meinen verstorbenen Eltern. Sie haben mich gelehrt, so zu schreiben, dass andere es verstehen und sich darin wiederfinden können

Inhalt

Wenn Tägliches nicht alltäglich ist

Bestanden
Alles was Recht ist
Müssen oder nicht müssen
Hautverjüngung
Badetag
Sankt Brückentag
Der Automat
Große Schcinc in kleiner Tasche
Wunderbarer Teppich
Die Neandertalerin
Bei ihr ist Aufschwung
Nicht der Letzte seiner Art
Eine Stadt auf Tour
Stadt für Pianisten
Der Bürgerpreis
Ein Dach für die Seele
Das Zirkuspony
Gläsernes Kalb
Wo sind meine Fische?
Nach neun Monaten
Erster Schultag
Wie auf einer Reise

Du hast einen Freund
Ich passe auf Sie auf
Herausforderung
Patientenverfügung
Ein Notfall
Keine Ruhmeshalle
Der Ruhe-Hain
Exit
Irgendein Simon
Wegekreuz
Du lieber Himmel
Ihr Muslime
Das Leben ist schön

Wenn man unterwegs ist

Donau heiße ich
Fluss im Überfluss
Fragen Sie den Katalog
Kopflos
Vom Zauber der Ereignislosigkeit
Kleiderordnung
VIP Hurra
Leichte Brise
Am Niederrhein
Unter anderem Blickwinkel

Immer auf demselben Fluss
Die Dame auf dem Sonnendeck
Frohe Ostern
Am Eisernen Tor
Im Donaudelta
Unterwegs zum Nullpunkt
Das Tenderboot
Zu wenig unterm Kiel
Der Reisegutschein
Türkische Paprika
Gebundene Füße
Serbische Impressionen
Ungarn – Wie der Zauberwürfel
Budapest – Nicht nur Weltkulturerbe
Rumänischer Appell
Eine deutsche Schule in Bulgarien
Bitte schön
Feuerland, am Ende der Welt
Jerusalem 1965 – Ein Brief
1984 im Sowjetischen Baltikum
1985 unterwegs zum Sowjetischen Orient

Wenn Weihnachten ist

O Tannenbaum
Der Bio-Weihnachtsbaum
Ohne Lametta

Für den guten Zweck
Oktober-Weihnacht
Wünsch dir was
Wundersame Verwandlung
Schenken Sie noch?
Die Weihnachtsgans
Käme doch der Engel zurück
Nur ein Schaf
Hirte mit Schal
Nicht wie im vergangenen Jahr
Unerwarteter Besuch
Kling-Glöckchen
Guck mal, das Schaf
Die Kinder kommen
Auf der Flucht
Geburtsanzeige
Ein unbekanntes Licht
Weihnachten auf Antigua
Die lebende Krippe
Raus damit
Wohin mit dem Geschenkpapier?

Wenn Tägliches nicht alltäglich ist

Bestanden

Wir nannten ihn Buddha. Wenn jemand sagte, er habe Unterricht bei Buddha, bemitleidete man ihn. Buddha konnte nicht unterrichten. Alle sagten das. Kaum jemand nahm ihn ernst. Aber er lächelte. Selbst wenn jemand Unfug gemacht hatte, lächelte Buddha.

Ein halbes Jahr vor dem Abitur beschloss ich, einen Hebräisch-Kurs zu belegen. Einziger Hebräisch-Lehrer an der Schule war Buddha. Ich spürte den unverhohlenen Spott meiner Mitschüler. Dennoch fragte ich bei ihm an, ob es noch möglich sei, am Hebräisch-Kurs teilzunehmen. Buddha lächelte. Wenn ich bereit sei, wöchentlich mindestens zwei Mal mit ihm Hebräisch zu pauken, könnte ich das schaffen.

Nach dem Unterricht blieb ich in der Schule, weil Buddha für mich in der Schule blieb. Er packte sein Butterbrot aus; ich kramte meine Stulle aus der Tasche. Manchmal aß ich sein Käse-, er mein Wurstbrot. Wir kauten und buchstabierten das hebräische Alphabet. Ich lernte die hebräische Bibel lesen und wusste bald, dass „Tohuwabohu" am Anfang der Schöpfungsgeschichte steht. „Die Erde war wüst und leer." Zuerst fühlte ich mich auch so. Aber Buddha weckte mein Interesse, die Leere zu füllen.

Die Abiturprüfungen liefen in einem anderen Rahmen ab als heute. Jeder Abiturient musste nach der schriftlichen auch in die mündliche Prüfung. Das Schicksal entschied sich gegen mich. Ich musste ins Hebräische. Buddha sah mich untröstlich. Aber er lächelte. Das würde ich schaffen, sagte er. Ein langer Text wurde mir im Vorbereitungsraum zum Übersetzen vorgelegt. Schon weil er lang war, schien ich chancenlos zu sein.

Dann holte Buddha mich zur Prüfung ab. Lächelnd bemerkte er, wie ich mich fühlte. Kurz vor der Tür zum Prüfungsraum blieb er stehen und sagte: „Wenn du gleich die vielen Lehrer siehst, die uns zuhören, dann denk daran: Nur zwei Leute verstehen Hebräisch: du und ich."

Hebräisch war mein Lieblingsfach. Ich hatte „bestanden".

Die örtliche Tagespresse würdigte auf folgende Weise, dass sechzig junge Leute das Abitur geschafft hatten:

Sechzig Heranwachsende wurden verabschiedet. Abschied von der Schule. Das heißt, sie verabschiedeten sich selbst. Denn wenn ihre Antworten nicht genügt hätten, wäre ihnen der Abschied erspart geblieben. Aber obwohl neun Jahre eine Gewöhnungszeit sind, die es – nach dem Gesetz der Trägheit – schwer macht, sich vom Routinegang zum Gymnasium zu lösen, haben alle sechzig wie befreit aufgeatmet, als man sie mit dem Wort „bestanden" entließ.

Entlassung bedeutet nicht nur Abschied von einer liebgewordenen Schule, sie bedeutet einen Sieg: Den Sieg des Wissens über die Tücken menschlicher Ungenügsamkeit wie über die Klippen der Prüfung. Sie bedeutet das erfolgreiche Ende eines Lebensabschnitts, und das ist noch wichtiger als das gesammelte Wissen; denn von dem „Universalwissen" wird nach zwanzig, dreißig Jahren nur ein Teil übriggeblieben sein. Nicht zu Unrecht heißt die Prüfung „Reifeprüfung" – als reife Menschen ins Leben gehen, die Reife mehren zum Wohle der Menschen und zum eigenen Nutzen, das ist der größere Sinn der Abschiedsstunde.

Noch sind die ersten Tage inhaltsleer. Man weiß noch nicht recht, wo man hingehört. Die freie Zeit hat etwas überraschend Rätselhaftes an sich. Aber schon bald gehen die ersten in einen Beruf, in ein Geschäft, an die Universität oder leisten ihre Wehrpflicht ab. Ein zweiter Abschied steht bevor, der erste große Abschied von zuhause. Der Glücksrausch geht schnell vorüber, dem Sieg folgt ein neuer Kampf, diesmal schwerer als der erste, weil die Obhut der Schule und des Elternhauses zurücktritt.

Zum Erfolg sagen wir den Jungen wie den Eltern herzlichen Glückwunsch, zum neuen Kampf und zu den neuen Opfern ein herzliches Glückauf.

Ein Glückwunsch an Buddha stand nicht im Bericht. Er hätte ihn verdient gehabt.

Alles was Recht ist

Vergangene Nacht wurde ich um Zwei Uhr wach. Ich hatte mir vorsichtshalber den Wecker gestellt. Die Straßenlaterne vor meinem Schlafzimmerfenster brannte wie immer, obwohl ich dem dafür Zuständigen bei der Stadt erklärt habe, welcher Unfug es ist, nachts ein Schlafzimmer zu erleuchten. Nichts hat sich getan. Die Licht An- und Ausmacher haben taube Ohren. Verantwortungsbewusste Bürger werden nicht ernst genomen.

Diskutieren? Zwecklos. Alle verstecken sich hinter gesetzlichen Vorgaben. An ihre Einsicht appellieren? Sinnlos. Meine akribisch geführten Aufzeichnungen, wie oft nachts jemand an meinem Haus vorbeigeht, der eine Laterne braucht, werden ignoriert. Ich kämpfe gegen Windmühlenflügel. Müssen die zwei Männer und die eine Frau, die ich gestern zwischen ein und vier Uhr gezählt habe, nachts etwas sehen können? Können sie nicht warten, bis es hell ist? Nein, sie brauchen Straßenlaternen. Bezug zur Wirklichkeit? Fehlanzeige. Irrsinn mit Methode. Wer bezahlt die Stromkosten? Ich.

Gerecht ist natürlich, dass ich seit einem halben Jahr das Schlagloch vor meiner Garage dulde. Zweimal in diesem Winter bin ich schon mit dem Auto aus der Garage gefahren. Dass ich heil herausgekommen bin, verdanke ich dem Umstand, dass das Loch nicht allzu groß ist. Ich weiß nicht, ob ich mir ein Bein gebrochen hätte, wenn nicht die Laterne dort stehen würde. Glauben die beim Amt, dass ich nur dann glücklich sein kann, wenn ich unglücklich bin? Dass die Laterne nur kümmerlich vor sich her flackert und eine Taschenlampe den gleichen Dienst verrichten würde, interessiert nicht.

Als ich den im Amt dafür Zuständigen anrief, um ihn darauf aufmerksam zu machen, fragte er, wer zuerst dagewesen sei: das Loch oder die Laterne. Niemand könne zwei Probleme auf einmal lösen. Er irrt, wenn er glaubt, seine Antwort habe etwas mit sachgerechter Information zu tun. Wichtiges von weniger Wichtigem oder Unwichtigem unterscheiden, kann er nicht. Oder will er sich mit seiner Laterne ein leuchtendes Denkmal setzen? Dürfen solche Leute unsere Ämterstühle besetzen und ihr Recht auf Dummheit wahrnehmen? Ich werde ihn nicht mehr anrufen, sondern mit Verachtung strafen wegen seiner Bedeutungslosigkeit.

Es wird sich nichts ändern. Für mein gutes Recht muss ich bezahlen, bekomme es aber nicht. Ist das gerecht?

Meinem Nachbarn werfen sie alles nach, wenn er meint, benachteiligt zu werden. Seit ein paar Wochen wohnt er hier. Ein Migrant angeblich, mit einem ausländisch klingenden Namen. Leute mit kaum aussprechbaren Namen erregen Aufmerksamkeit. Ihnen wird geholfen, selbst wenn sie nicht darum gebeten haben. Meine Vorfahren sind auch hier eingewandert. Sie wohnten zwei Häuser weiter und brauchten eine größere Wohnung. Keiner hat sich gerührt. Es geht nicht gerecht zu.

Die Wohnungsmieten kann sich kaum jemand leisten. Eine Studentin, die das Zimmer mieten wollte, lehnte dankend ab, als ich vierhundert Euro im Monat von ihr verlangte. Habe ich die Mietpreise erfunden? Undankbar war sie außerdem, als ich ihr anbot, einmal in der Woche mein Badezimmer benutzen zu können.

Sie verzichtete. Wir hatten früher kein Badezimmer, habe ich ihr gesagt. Als sie mich fragte, wofür ich jetzt eines brauche, habe ich ihr die Tür gewiesen. Von Respekt hat sie nichts gehört. Unrechtsbewusstsein? Natürlich nicht. Studieren wollen alle, am liebsten auf meine Kosten. Die Verantwortung in unserem Land ist abhandengekommen.

Alles, was Recht ist: Es geht so nicht weiter. Wer nicht tut, was er tun kann, tut Unrecht – auf Marc Aurel, den berühmten römischen Kaiser kann ich mich berufen, der das schon vor zweitausend Jahren gesagt hat. Mir macht man es schwer, das Richtige durchzusetzen. Wer Recht hat, steht allein da. Recht zu haben ist nicht das, wofür einen die Menschen lieben. Ob man mir einmal dankbar sein wird, dass ich Recht hatte und für Recht und Gerechtigkeit gestritten habe? Auf ein Verdienstkreuz werde ich vergeblich warten.

Das Licht vor meinem Fenster brennt nachts immer noch, obwohl ich zwischen ein und vier Uhr keine Menschenseele auf der Straße sehe. Ich werde etwas unternehmen müssen.

Die Neandertalerin

Grüne Oase. Konsum-Paradies. Baden wie Kleopatra. Kosmetik-Verwöhn-Programme. Packungen in der Wasser-Schwebeliege. Will man mir etwas Gutes tun? Die Einladung weckt Neugierde. Jedoch kein Hinweis auf schöne Stunden allein oder zu zweit. Die Dame aus dem Neandertal, die zur Party einlädt, hat andere Interessen. Dass ich sie im Erlebnisbad begrüßen kann, muss andere Gründe haben.

Soziale Fürsorge zu Angehörigen und Fremden wird ihren Neandertal-Vorfahren nachgesagt. Das zeichnet auch sie aus. Aber kannten ihre Vorfahren Packungen in der Schwebeliege? Unwahrscheinlich. Sie mussten sich den harten Lebensbedingungen der Eiszeit anpassen und ihr Überleben sichern. Ob Übungen in der Schwebeliege dabei hilfreich gewesen wären – nicht vorstellbar.

Neandertaler waren kultivierter, als wir ahnen. Kunst und Musik sollen sie gepflegt haben. Dass Nachweise ihrer Kunstfertigkeit nicht überliefert sind, kann nur daran liegen, dass

Forscher sie bisher nicht aufgespürt haben, auch keine Spuren von Schwebeliegen. Die Einladende hält nicht viel vom Schweben. Standvermögen und Bodenhaftung schätzt sie und zeichnet sie aus.

Knochenfunde lassen darauf schließen, dass Neandertaler klein und stämmig waren. Robuster Knochenbau zeichnete sie aus. Robustheit garantiert auch ihren Nachkommen ein ausgeprägtes Durchsetzungsvermögen. Das Gehirn des Neandertalers soll größer gewesen sein als das unsrige heute. Wer sich mit der Jubilarin auf einen Disput über Gott und die Welt einlässt, wird das bestätigt finden.

In der Neandertal-Welt dominierten die großen Säugetiere. Unsere Neandertalerin bevorzugt die kleinen Tiere und kümmert sich um sie. Große Tiere schätzen ihre Energie und ihren ausgeprägten Willen, Begonnenes zu Ende zu bringen. Neandertaler sind eine besondere Spezies Mensch, an Liebenswürdigkeit nicht zu übertreffen. Jedes Jammertal wird durch sie zum Sehnsucht-Ort.

Es ehrt mich, einer Neandertalerin im festlichen Rahmen begegnen zu dürfen. Wer das Leben genießt, sagt sie, teilt Genuss gern mit anderen. Das zeichnet sie aus. „Es ist traurig, sich allein zu freuen", wusste schon Gotthold Ephraim Lessing. Genuss ist ein Zwilling. Unsere Neandertalerin hat viele Zwillinge. Das macht sie umso liebens-würdiger.

Da sie vertraut ist mit dem Buch der Bücher, der Bibel, weiß sie ihre Neigungen biblisch zu begründen. „Auf vollem Bauch steht ein fröhliches Haupt", steht im alttestamentlichen Buch der Sprüche. Feste zu feiern ist christlicher Brauch. Christentum und Kirche sind mehr als zweitausend Jahre alt. Vielleicht stimmt es, dass die vielen Feiertage das Christentum retteten.

Die Bibel erzählt von Frauen, die dem Frauen-Typ einer Neandertalerin nahe kommen. Über Debora wird berichtet, die das Amt einer Richterin ausübte. Es ist nicht bekannt, wie bei den Neandertalern Recht gesprochen wurde, jedoch ist nicht auszuschließen, dass Frauen auch bei ihnen richterliche Ämter bekleideten.

Von einer anderen Charaktereigenschaft und Verhaltensweise der Jubilarin kann nicht mit Sicherheit gesagt werden, wie weit sie in die Neandertal-Geschichte zurückgreift. Denkbar ist es dennoch, wenn sich schon berühmte Vorfahren unserer Neandertalerin dieser Tätigkeit gewidmet und sie dem weiblichen Tugendkatalog zugeordnet haben: das Hunde-Verstehen. Reinhard Mey widmete ihm ein Lied, das einer Neandertalerin aus der Seele spricht: „Es gibt Tage, da wünscht' ich, ich wär' mein Hund." Von Neandertal-Hunden haben die Forscher bisher nicht berichtet. Das werden sie nachholen.

Die Neandertalerin muss ihre Beziehung zu Hunden nicht begründen. Es gibt renommierte Hundefreunde. Als Johannes Rau, ehemaliger Bundespräsident, eine Knieverletzung beklagte, die sein Hund ihm zugefügt hatte, soll er geäußert haben: „Als Hund ist er eine Katastrophe, als Mensch unersetzbar."

Dem wird die Neandertalerin beipflichten. Ihre Mimik verrät, dass Hunde über alle guten Eigenschaften von Menschen verfügen, ohne deren Fehler zu machen. Der möglichen Unterstellung, Hunde kämen nicht in den Himmel, begegnet sie mit der Feststellung, dass Hunde schon vor uns dort Einlass fanden. Neandertal-Behausungen werden erst zum Heim, wenn sie Hundebeine beherbergen.

Das Neandertal ist menschheitsgeschichtlich eine Fundgrube. Viele kennen es nicht oder haben bisher nur aufgrund von Knochenfunden von dem Tal gehört. Das Leben dort besteht nicht aus gepflegter Langeweile. Dafür bürgt die aufgeschlossene, heutige Neandertalerin mit ihrer Offenheit und Erfahrungsbereitschaft, aber auch mit ihrem gesunden Misstrauen gegenüber selbst ernannten Weltenrettern, die sich mit göttlicher Autorität ausstatten. Sie schaut zurück und blickt nach vorn, verharrt jedoch nie in selbstzufriedener Isolation. Die Welt ist für sie keine Einbahnstraße.

Das Neandertal ist Kultur-Geschichte. Man lebte und lebt auf der Höhe der Zeit. Leibhaftiger Beweis ist die Neandertalerin.

Bei ihr ist Aufschwung

Sie hat viel erreicht. Sie lebt nicht allein. Sie lebt mit Andy, mit Emily, mit Lucy. Mit Mama und Werner. Mit vielen anderen. Formelle und informelle Bündnisse, gemeinsame Probleme schaffen Bindungen.

Nicht alle trauten es ihr zu. Sie sagte, dass sie es schaffen werde, weil sie um ihre Fähigkeiten wusste. Ein bisschen ist sie stolz auf sich. Und glücklich. Es gab Abschwung-Phasen. Es gab Ziele, die sie verfehlte. Es offenbarten sich Widersprüche, in denen ihr Optimismus abgenutzt erschien. Sie weiß es. Auch andere erleben das, gestehen sich das aber nicht ein. Oft sind es Phasen vor einem Aufschwung. Nicht bei allen ist Aufschwung. Bei ihr ist Aufschwung. Lethargie oder Versprechungen waren gestern. Sie versteht es, über dem zu schweben, was das Leben anstrengend macht. Sie weiß Bedrohungs-Szenarien auszuweichen, Beschwichtigungs-Signale auszusenden und ein Feuerchen auszutreten, ehe es zum Brand wird.

Sie hat geheiratet – Andy, den sie liebt. Auch

wegen Emily, ihrer Tochter. Emily mag Andy, Andy mag Emily. Alle spüren, dass sie sich mögen. Sie haben gefeiert mit allen, die dabei waren.

Sie wäre nicht Sie, wäre es eine Feier gewesen wie andere, wie bei anderen. Sie schätzt Sonderwege. Dutzend-Verhalten, Dutzend-Ware sind nicht ihre Art. Sie denkt in anderen Kategorien. Der Ort des Feierns, die zeitlichen Umstände, der Wolkenbruch – anders. Nicht Weihrauch-Atmosphäre. Dennoch feierlich. Sehnsuchts-Orte schlechthin gibt es nicht. Ihre Gäste waren nicht überrascht, dass sie zu ihrer Feier, zur Feier mit Andy und Emily, erschien, als sie es für notwendig hielt. Sie weiß um die Kunst des Planens und um die Kunst des Verwerfens. Ihre Genauigkeits-Ansprüche sind andere. Planungen sind das, was sie daraus macht. Sie bestimmt die Spiel-regeln. Ihre Gäste wussten das. Auch sie wusste, dass ihre Gäste das akzeptierten. Ihr Zeit-Horizont ist nichts für Kurzsichtige.

Eine schöne Feier war es – mit Wolkenbruch, Sonnenschein und Segensworten:

*gesegnet sei die Reise durch die Jahre eures
Lebens
es gibt viele, die euch begleiten
möget ihr Kraft haben, füreinander da zu sein
wenn die Sonne für Euch lacht, wenn Wolken
sich zusammenziehen*

Sie bestand ihr Examen. Sie bewies es ihren Kritikern – allen, die dachten, Geduld und Ausdauer seien nicht ihre Stärke. Sie schaffe nur Bastelarbeiten, nichts Endgültiges, dachten sie und beriefen sich auf Argumente. Jetzt verbergen sie nicht ihre Anerkennung.

Sie ist wieder Mutter geworden. Lucy ist da. Kein Aufschrei wie damals, als Emily kam und alles zwecklos erschien: Schule, Zukunft, ihr Leben. Alles schien sie in Misskredit zu bringen.

Emily veränderte ihr Leben. Wenn es um Emily geht, gerät sie ins Schwärmen. „Mit ihr kann man reden. Sie versteht alles." Inzwischen bastelt Emily an ihrem eigenen Weltbild, ihrem eigenen Profil. Sie weiß, was sie will. Mama arbeitet daran, das zu verstehen und zuzulassen, was Emily will. Auch Lucy war sofort willkommen. Nicht drei, sondern vier sind sie jetzt. Eine Familie. Keine Sorge, übersehen oder vergessen zu werden.

Ehemalige Gewissheiten wurden brüchig oder verfielen. Sie hat Freunde verloren, Freunde gewonnen. Sowohl-als-auch-Geschichten, erfreuliche und andere. Wenn sich etwas zusammenbraute, wusste sie, an wen sie sich wenden konnte. Andere müssen sich nicht als Retter feiern lassen. Letztlich hat sie sich selbst gerettet, ist Autor ihres Lebens geblieben, mit Andy, der sie liebt.

Ihr Leben ist nicht zwecklos – nicht mehr, sagen einige. Es gab Stationen. Es wird weitere geben. Ihr Leben floss nicht ruhig dahin. Legenden und Geschichten oder Menschen, die ihretwegen die Backen aufblasen, kümmern sie nicht. Sie hat gelernt zu hören und zu überhören, zu sehen und zu übersehen. Zu den Anfängen kehrt sie nicht zurück. Dieselben Schallplatten wird sie nicht auflegen.

Es muss nicht alles so bleiben, wie es jetzt ist.

Geschichten, die das Leben schreibt, sind oft Geschichten mit offenem Ende.

Sie bleibt, wie sie ist, und begnügt sich nicht mit lauwarmen Gerichten. Sie ist nicht artig-defensiv. Sie war es nie. Sie ist, wie sie war, und ist es doch nicht. Ihre Spontaneität, das Unwägbare, Unkalkulierbare hat sie nicht abgelegt. Aber sie geht anders damit um.

Es tut ihr gut, Frau, Partnerin, Mutter zu sein. Sie ist neu sortiert, neu orientiert. Und sie weiß: Nichts ist zwecklos.

Das zeichnet sie aus. Gute Wünsche begleiten sie.

Müssen oder nicht müssen

Must-haves werden mir empfohlen. Muss ich haben, sagt man. Zum täglichen Bedarf gehören sie nicht, aber das werde sich ändern, wird behauptet. Notwendig sollen sie sein. Vielleicht lebensnotwendig. Mit einem Minimum an Kenntnis kann ich ein Maximum an Must-haves erwerben. Mögen sie noch so unnütz erscheinen, mit ihnen soll ich Großes erreichen.

Meistens habe ich mich gegen die Versuchung gewehrt, etwas haben zu müssen, was ich nicht brauche. Ermutigungsreden solcher und anderer Art habe ich widerstanden - auch dann, wenn Must-haves zur Hälfte vom üblichen Preis angeboten wurden oder sie nichts bis gar nichts kosteten. Versuchungen müsse ich nachgeben, werde ich belehrt. Man könne nicht wissen, ob sie wiederkämen.

Dennoch handelte ich nicht entsprechend und ließ mich nicht aus der Reserve locken. Ehe ich an Neues dachte, überlegte ich, wofür es von Nutzen sein könne. Dass es der Verwirklichung meines Lebensglücks diene, konnte ich nicht festzustellen. Must-have? Meistens entschied ich für No-must-have.

Dann entdeckte ich Karl Valentin: „Mögen hätt' ich schon wollen, aber dürfen habe ich mich nicht getraut." Ich war verunsichert. Ich sah mich entlarvt. Musste ich meine Apathie überwinden? Irgendetwas in mir versuchte Träume zu erzeugen. Mein Auto fuhr noch. Allerdings: So, wie es fuhr, konnte ich es nicht fahren nennen. Es bewegte sich, wenn ich es aufforderte. Es blieb stehen, wenn ich es nicht aufforderte. Erwartung und Wirklichkeit passten nicht zusammen. Mein Auto war nicht verlässlich, obwohl ich mich darauf verließ.

Sie brauchen ein neues Auto, sagte der Mann in der Werkstatt. Must-have. Bisher war ich mit ihm zufrieden, erwiderte ich. Es bleibt manchmal stehen. Aber es hat verlässliche Seiten, obwohl sie überschaubar sind. Die Litanei der Schikanen ist lang. Ob ich zufrieden bin mit einem anderen Auto, weiß ich nicht.

Der Mann in der Werkstatt zuckte mit den Schultern. Must-have, konstatierte er. Er wusste, wie man einen Kunden überzeugt, der mit sich ringt. Ich müsse mich entscheiden, drängte er mich. Must-have oder nicht Must-have. Haben müssen oder nicht haben müssen. Beides zusammen sei nicht möglich. Ich müsse das Auto loslassen, fügte er hinzu. Loslassen sei kein Zeichen von Schwäche. Loslassen müsse man, was nicht zu halten sei. Meine Verweigerungshaltung müsse ich aufgeben, von Rückzugsgefechten Abstand nehmen.

Verlustbewältigungs-Strategien würden mir helfen. Mein altes Auto müsse ich nicht vergessen. Immer sei ich damit zu ihm gekommen. Das rechne er mir hoch an. Das Auto habe uns zu Freunden gemacht, für immer. Auch wenn ich mein Auto losließe, blieben wir Freunde. Er besorge mir ein Auto, das ich haben müsse.

Er hielt eine Leichenrede auf mein Auto, von dem ich mich nicht trennen wollte. Es war bequem, ein richtiges Auto zu fahren. Daheim einsteigen, am Ziel aussteigen. Must-have. Aber wie oft war ich eingestiegen, um irgendwo auszusteigen? Nicht oft. Must-have? Mein Leben hängt nicht vom Auto ab.

Der Mann in der Werkstatt durchschaute mich.
Er las meine Gedanken nicht zum ersten Mal.
Seit Jahren versuchte er mich davon zu überzeugen, dass ich ein neues Auto haben müsse.
Bei jedem Werkstatt-Besuch der gleiche Wortwechsel: Ich müsse ein anderes Auto haben.
Must have. Es gibt keine schlechten Autos, beteuerte er, sondern nur Autos, die nicht mehr richtig fahren. Ein Warnsignal. Daher solle ich mich am Markt der vielen Möglichkeiten bedienen. Nie sei es einfacher als jetzt. Ich müsse mich befreien von alten Denkmustern und Bedürfnisse befriedigen.

Meine Einsicht wuchs von Jahr zu Jahr. Taten sollten folgen. Der Rechtfertigungsdruck nahm zu. Weiter als zur Werkstatt kam ich selten mit meinem Auto. Die befindet sich direkt neben meiner Garage. Bis dahin schaffe ich es. Muss ich ein neues Auto haben?

Der Mann wollte mich nicht gefügig machen, sondern überzeugen, einen Sinneswandel bei mir bewirken. Nie überschätzte er meine Möglichkeiten. Die Gespräche verliefen harmonisch. Brandreden führten wir nie.

Er drängte mir nicht seine Wertmaßstäbe auf. Ich bewunderte den Einfallsreichtum, mit dem er mich zu überzeugen suchte.

In spätestens einem Jahr sei es so weit, sagte er jedes Mal. Dann sei die Zeit reif für eine Entscheidung, reif für Must have.

Im kommenden Jahr sehen wir uns wieder.

Hautverjüngung

„Eine luxuriöse Schönheitsbehandlung mit außergewöhnlichem Resultat. Die Zeichen der Hautalterung werden sichtbar reduziert. Sie erstrahlen in lang anhaltender, neuer Jugendlichkeit." Als „Body und Soul"–Behandlung versteht sich die Offerte der SPA-Abteilung. Körper und Geist würden es mir danken, wenn ich mich darauf einließe, wird versichert. Ich müsse nur verjüngungswillig sein.

Die Aussicht, schöner und glücklicher zu werden, und dazu noch jünger auszusehen, hat ihren Reiz. Am SPA führt kein Weg vorbei. SPA ist Gesundheit. SPA ist Wellness und Glück, unverzichtbar wie Essen und Trinken. Dennoch kann ich meine Unsicherheit nicht verbergen. Was ist, wenn Bedürfnisse unerschöpflich sind? Kann man mir nach einer Behandlung das verheißene Resultat ansehen? Zeichen der Hautalterung sollen reduziert werden, aber nicht verschwinden. Warum soll ich mich dann auf eine Behandlung einlassen? Warum vermeintlichen Gewissheiten vertrauen? Kann ich mich entspannt zurücklehnen, wenn die versprochene Jugendlichkeit zwar lange anhält, aber niemand sagt, wie lange? Was nützen Verjüngungskuren mit vorübergehender Schadensbegrenzung?

„Gehaltvolle Pflanzenöle versorgen Ihre Haut mit dringend benötigten Lipiden." Lipide kenne ich nicht. Sie scheinen aber wichtig zu sein. Der Broschüre sei Dank. Im Kleingedruckten, unten links Seite zwölf, entdecke ich den unauffälligen Hinweis, einer Entschuldigung nicht unähnlich: Lipiden sind Fette. Fette haben keinen guten Ruf; dennoch benötigt man sie. SPA-Fette seien ungefährlich und wichtig, wird betont. Der Körper brauche Energie durch Lipide. Schon die alten Griechen hätten es gewusst.

Ich bin erleichtert. Selbstsicherheit kommt mir zugute. Mit Fetten kenne ich mich aus. Fettfreie Wurst sei keine Wurst, sagt mein Metzger. Von Lipid-loser Wurst hält er nichts. Mit fettigen Ölen kann ich mir im SPA relativ lang andauernde Jugendlichkeit herstellen lassen. 149 Euro kostet die Verschönerungs-Aktion, eine massive Attacke auf mein Sparschwein.

Eine Scheibe Lipid-haltige Wurst ist preiswerter. Mein Metzger behauptet, die Wirkung sei die gleiche.

Der Reichtum des Menschen bemesse sich an dem, worauf er verzichten könne, schreibt ein amerikanischer Schriftsteller. Wenn das Beharrungsvermögen der Haut so ausgeprägt ist wie mein Charakter, wird es der luxuriösesten Schönheitskur schwerfallen, mich nachher anders aussehen zu lassen als vorher. Warum mich Hautverjüngungs-Strategien unterwerfen, wenn der Personalausweis immer noch die Anzahl meiner Lebensjahre verrät?

Wenn ich nach ultimativer Gesichtspflege einem blond gelockten Jüngling ähnele, bin ich dann noch ich selbst? Freunde und Nachbarn stecken die Köpfe zusammen und tuscheln über mich. Sie werden sich womöglich nicht an mich erinnern. Veränderte Proportionen und der Verschwinde-Zauber einer alternden Haut könnten Verwirrung auslösen. Mein Selbstvertrauen wankt.

Unverhältnismäßigem Darstellungs- und

Repräsentationsbedürfnis werde ich widerstehen, die Zeichen der Zeit und eine nicht mehr ganz junge Haut akzeptieren. Enttäuschend für meine Haut. Es werden Tage kommen, an denen ich nicht von hochwertigen Ölen verwöhnt, aber vom Glück gestreichelt werde. Wenn ich, statt ein Jugend-Stimulanz verordnen zu lassen, eine Scheibe Wurst verzehre, wird es mir die in die Jahre gekommene Haut danken.

Mein Körper weiß sich zu wappnen. Ich kann ihn nicht überlisten. Ich muss nach keinem Jugend-Elixier suchen, das mich in permanente Gegenwart befördert. Alternde Haut ist keine behandlungsbedürftige Krankheit; sie ist unabänderlich wie der Wechsel der Jahres-zeiten und lässt sich nicht wie ein Ärgernis aus der Welt schaffen. Zeit und Alter nagen an mir; dagegen ist kein lipidfreies oder lipidhaltiges Kraut gewachsen.

149 Euro für eine fetthaltige Behandlung. Wie viele Scheiben Wurst gibt es dafür beim Metzger?

Badetag

Wellness hatte in meiner Kindheit einen anderen Stellenwert als heute. Sie hieß anders und verlief anders. Samstags in die Zinkbadewanne lautete unsere wöchentliche Wellness-Veranstaltung. Diese nachkriegszeitliche Körperkultur fand in unserer großen Küche statt. Nach dem Mittagessen holte Mutter die Zinkbadewanne, die an einem Haken im Stall hing, in die Küche und stellte sie vor das Fenster. Ein bisschen sah sie nach Sarkophag aus. Die Wanne, Bütt hieß sie bei uns, sollte uns Wochenend-Labsal spenden. Uns - das waren Mutter, Tante, mein Bruder und ich.

Mutter schleppte aus dem Waschbottich im Stall zehn Eimer heißes Wasser heran und goss es in die Wellness-Wanne. Auf dem Küchenstuhl lag ein dickes Stück Kernseife. Die Reinigung versprach gründlich und porentief zu werden. Aromatische Düfte drangen nur vom Küchenherd herüber, auf dem die Rindfleischsuppe für das Sonntagsessen kochte.

Dann folgte ein entscheidender Augenblick. Quer durch die Küche spannte Mutter ein großes Tuch. Das Wellness-Studio wurde abgetrennt und entzog sich unseren Blicken. Mein Bruder und ich saßen auf der Küchenbank, Blickrichtung Küchenfenster.

Zuerst entschwand die Tante hinter den Vorhang. Diese Spanische Wand der Katholiken verbarg Wesentliches. Nur an hellen Sommertagen ermöglichte uns das dahinter liegende Küchenfenster bescheidene Anatomie-Studien. Sobald die Tante ihren Baderitus absolviert hatte, erscholl Richtung Küchenbank das Kommando „umdrehen". Sie entschwand dann wieder unseren Blicken.

Die Badestube war aber längst nicht für uns beide frei. Jetzt kam Mutter an die Reihe. Das Badewasser war schon ziemlich eingetrübt. Mama fand das nicht schlimm. Sie nahm den großen Schöpflöffel, schöpfte den Seifen-Schmand von der Oberfläche ab und füllte einen Eimer heißes Wasser nach. Die gleiche Prozedur stand an, wenn der hierarchischen Ordnung nach ich in die Wanne steigen durfte.

Das Badewasser hatte inzwischen deutliche Ähnlichkeit mit der Rindfleischbrühe auf dem Küchenherd angenommen, nur wesentlich trüber und mit diversen Einlagen versehen. Mutter hatte sich wieder angezogen und wusch mir den Kopf. Mit dem Handtuch, das zuvor mit verschiedenen anderen Körperteilen der Badefamilie Bekanntschaft gemacht hatte, trocknete sie mich ab. Dann konnte endlich auch mein Bruder in die Wanne steigen.

In einem kostengünstig geführten Haushalt war Wasser sehr kostbar. Die Wanne inzwischen einem undurchdringlichen Tümpel, was den Reinigungszeremonien keinen Abbruch tat. Wenn wir am nächsten Morgen über dem Küchenherd die Wäscheleine mit den Socken baumeln sahen, ahnten wir, dass auch sie noch in der Brühe gewaschen worden waren.

Es war ein spannender Samstag-Nachmittag daheim. Von Allergien oder Staubmilben, von Desinfektionsmitteln oder Fußpilz habe ich nie gehört. Wahrscheinlich gab es das nicht. Und krank geworden bin ich auch nicht.

Sankt Brückentag

Er ist bisher nicht zur Ehre der Altäre erhoben worden. Das kann nicht mehr lange dauern. Katholisch-kirchlicher Heiligsprechung geht voraus, dass jemand, der im Geruch der Heiligkeit steht, in besonderer Weise verehrt wird. In diesem Fall geschieht das unablässig.

Sankt Brückentag ist ein außergewöhnlicher Heiliger. Nicht zu verwechseln mit Nepomuk oder Christophorus – Brückenheilige, die Brücken in ihre Obhut nehmen und diejenigen beschützen, welche sie überqueren.

Sankt Brückentag ist ein Heiliger mit unverwechselbarem Gesicht, mehr irdischer als himmlischer Beistand, ein Helfer in den Nöten des Lebens. Ihm zu Ehren werden Brückentag-Feste veranstaltet. Brückentag-Verehrer strömen zusammen, um ihm ihre Referenz zu erweisen. Sankt Brückentag genießt hohes Ansehen, weil dank seiner Fürsprache mehrere Tage am Stück nicht gearbeitet werden muss. Unter Berücksichtigung von Feier- und Brückentagen lässt sich das Wochenende

verlängern. Zusätzlich spart man Urlaubstage.
Man nimmt die Welt neu wahr und entdeckt
bisher nicht bekannte Freizeit-Strategien.

Auf Heilige wie Sankt Brückentag, die wissen,
was Menschen guttut, haben viele gewartet. Er
ist kein Relikt aus der Vergangenheit, kein
Einsiedler in seiner eigenen Welt. Eine Magie
geht von ihm aus. Wer auf ihn setzt, fühlt sich
nicht verloren und verlassen. Bummeln am
Brückentag, ausschlafen am Brückentag:
Warum wird diesem Heiligen nicht die Ehre
zuteil, die er verdient? Sankt Brückentag,
Freund des Lebens und der Leichtigkeit, erfreut
sich nachhaltiger Wertschätzung und Beliebtheit.

Spricht jemand vom verfluchten Brückentag?
Am Brückentag soll er allein am Schreibtisch
im Büro gesessen haben, weil die Kollegen
Sankt Brückentag feierten. Ein Schreibtischtäter, der einen Volksheiligen nicht zu schätzen
weiß. Statt Weichen für die Zukunft zu stellen,
stellt er sich in die Schmoll-Ecke. BilanzFälschungen wegen des Brückentags soll es
gegeben haben. Blutspende-Aktionen seien

hinter Erwartungen zurückgeblieben, weil Brückentag statt Blutspenden gefeiert wurde.

Ist Sankt Brückentag für solche und andere Versäumnisse verantwortlich? Hat er den Stau auf der Autobahn verursacht, als Tausende unterwegs waren, um Brückentag zu feiern? Sankt Brückentag hat nicht den blinden Wahrnehmungs-Fleck verschuldet bei denen, die ihm missgünstig gestimmt sind.

Im kommenden Jahr, wird gemunkelt, soll sich die Verehrung auf ein Minimum beschränken. Es gebe nur wenige Brückentage. Kaum hat sich der Heilige einen Namen gemacht, tritt die Abteilung „Bedenken" auf den Plan. Missgünstige Stimmen werden laut. Der Heilige ist in Gefahr, nicht entsprechend seiner Ansehens gewürdigt zu werden.

Viele Heilige verlieren an Bedeutung und Zauber, weil sie nicht dazugehören und sich neben die Gesellschaft stellen. Verstaubten Oldies aus Großmutters Zeiten gleichen sie und Leuten von gestern, die sich gegen den Gang der Zeit stemmen. Ihre Statuen werden verhüllt.

Sankt Brückentag dagegen ist der Heilige von heute für heute. Ein zeitgemäßer Heiliger. Wann setzt man ihn auf die Überholspur zur Heiligsprechung und erhebt ihn zur Ehre der Altäre, in Gottes oder Teufels Namen?

Der Automat

Ich soll mit der Zeit gehen. Alle sagen das. Dass es leichter gesagt, als getan ist, sagt niemand. Unschlüssig stehe ich vor dem Automat, der auf meinen Eingabebefehl wartet. Ich habe ihn nicht dazu aufgefordert, aber er besteht darauf. Meine Fahrkarte rückt er heraus, wenn ich seinen Anweisungen folge.

Warum das so ist, sagt er nicht. Mit ihm reden kann ich nicht. Versteht er auch nicht. Den freundlichen Herrn am Schalter, der mir bisher den Fahrschein ohne Widerstreben aushändigte, ist nicht da. Auf ihn war Verlass, meistens. Dass er Punkt zwölf Uhr die Klappe herunterließ, weil er Mittagspause hatte, war unnötig. Dienstanweisung, sagte er.

Den Schalter, an dem er mich bediente, gibt es nicht mehr. Ein Opfer der Umstände. Warum die Schalterhalle noch Schalterhalle heißt, sagt niemand. Den Bahnhof gibt es noch. Es fahren Züge ab. Es kommen Züge an. Nicht pünktlich wie die Eisenbahn früher, aber sie kommen. Keine Züge wie früher, aber Züge. „Lösen Sie

Ihre Karte bequem am Automat" empfiehlt die große Leuchtschrift. Bahnreform nennen sie das. Sie nimmt Rücksicht auf meine Augen, die große Buchstaben leichter erkennen als kleine. Ein Service.

Dass der Service einen Notstand auslöst, weiß der Automat nicht. Er tut seine Pflicht. Programmierte Zweckdienlichkeit. Anweisungen muss ich akzeptieren, widerspruchslos. Das ist das Problem. Ich kann ihn nicht fragen, ob er die Stadt kennt, wohin ich fahren will. Er antwortet nicht. Ich kann wählen zwischen zehn Zonen. Zu welcher Zone mein Fahrtziel gehört, sagt der Automat nicht. Ich muss es aber eingeben.

„Markieren Sie die zuständige Zone", werde ich aufgefordert. Woher soll ich das wissen? Ich kann niemanden fragen. Früher war das anders. Zonen haben mit Entfernungen zu tun. Eine Zone umfasst zwanzig Kilometer. Das ist überschaubar und leuchtet mir ein. Wie viele Kilometer ist mein Fahrtziel vom Automat entfernt? Wenn ich die Kilometer-Angabe zu gering einschätze, liefert mir der Automat eine gültige Fahrkarte, aber eine Karte für die falsche Zone. Überziehe ich die Entfernungsangabe, bedankt er sich für meine Großzügigkeit und druckt mir eine Fahrkarte aus, mit der ich tagelang Zug fahren könnte, obwohl ich längst ausgestiegen sein müsste. Ich verstehe nur Bahnhof.

Im Zweifelsfall entscheide ich mich für die Karte. Vielleicht gibt es nur noch Fahrkarten für diese Zone, weil der Automat für andere Zonen sein Soll erfüllt hat. Ich wollte zwar nicht so weit fahren, wie ich mit dem Fahrausweis fahren könnte, aber der Apparat ermuntert mich, meinen Fahrthorizont zu erweitern. Es soll Reisen geben, die kein Ende nehmen. Ich muss mit der Zeit gehen und mich ihrem Geleitzug anschließen.

Ich habe mich entschieden. Der Automat fordert mich auf zu zahlen. Das Kleingeld reicht nicht. Einen Geldschein soll ich in die dafür vorgesehene Öffnung einführen. Perfekte Technik. Dennoch habe ich Zweifel und sehe mich bestätigt: Der Schein wird nicht angenommen. Der Automat kennt ihn nicht.

Niemand hat ihm mitgeteilt, dass es sich um ein gültiges Zahlungsmittel handelt, wenn auch erst seit einigen Wochen.

Der freundliche Herr, der mich bisher bedient hat und den ich fragen könnte, was zu tun ist, ist nicht da. Vielleicht tüftelt er an einem neuen Automat. Auch Automaten gehen mit der Zeit.

Auf dem Bahnhofsvorplatz halten Busse. Ein Angebot, wenn der Automat keinen Fahrschein herausrückt. Den Fahrer kann ich fragen. Der Fahrer antwortet. Ein Ansprechpartner. Ich hätte mich sofort für den Bus entscheiden sollen statt für den Automat.

Wo ist der Fahrer? Nicht zu sehen – nicht im Bus, nicht außerhalb des Busses. Er braucht nicht anwesend zu sein, weil der Bus heute nicht verkehrt. Er fährt zweimal wöchentlich: dienstags und freitags. Heute ist Mittwoch.

Ob der Automat es gewusst und eine zweite Chance verdient hätte?

Große Scheine in kleiner Tasche

Üppig war der Betrag nicht, den ich erspart hatte; unbedeutend klein auch nicht. Das Geld ausgeben, mir ein paar schöne Tage gönnen – dazu konnte ich mich nicht entschließen. Warum sollte ich Erspartes opfern? Dass vor dem Komma eine Null stand, wenn ich meine Ersparnisse günstig anlegen würde, lockte mich nicht aus der Reserve, obwohl der Berater zu bedenken gab, dass die Zinsen steigen könnten. Der günstigste Termin Geld anzulegen, sei jetzt, ob für mich oder für die Bank, sagte er nicht.

Ich konnte mich nicht entscheiden, obwohl namhafte Staatsbedienstete, Leute mit edlem Gemüt, versichern, Geld nur dort anzulegen, wo es möglichst wenig Zinsen abwirft. Es gewinnbringend anzulegen, entspreche nicht dem Geist der Zeit. So groß waren allerdings meine Ersparnisse nicht, dass ich es mir leisten konnte, sie am Rande der Welt nach und nach weniger werden zu lassen.

Gut für mich, nicht gut für den Berater, dass es

noch andere Ratgeber gab, die Ratschläge erteilten, wenn es um Erspartes ging. Mein Erspartes nahm ich mit und ging zu einem, der sich auskennen musste. Ich benötigte keine große Tasche. Einige große Scheine fanden Platz in einer kleinen Tasche. Ich verspürte Genugtuung.

Der Berater erkannte, dass ich Erfreuliches mitzuteilen hatte. Er hatte viele Ideen. Ich merkte es, als er mit der Beratung begann. Seine Kompetenz überzeugte mich. Idee reihte sich an Idee. Es überraschte mich, wie viele Möglichkeiten es gab, große Scheine so anzulegen, dass ihr Wert am Ende nicht kleiner wurde. Ich war beeindruckt und stimmte einem besonders geeignet erscheinenden Plan zu.

Wie ich den dafür fälligen Betrag überweisen wolle, fragte er. Das konnte ich ohne Nachdenken beantworten. Ich streckte dem Berater meine Tasche mit den nicht ganz kleinen Scheinen entgegen. Der schien die Geste nicht zu verstehen und fragte noch einmal, wie ich das Geld überweisen wolle. Im Nachsatz fügte er etwas an, das mich irritierte. Es hatte mit gewaschenen Scheinen zu tun, die ein Problem darstellen könnten.

Dass die Bank meine Ersparnisse im Waschsalon behandelt hatte, ehe sie mir ausgehändigt wurden, wusste ich nicht. Meine Ratlosigkeit war eindeutig. Die Abwehrhaltung des Beraters ebenso. Den Betrag solle ich über-weisen. Das, so riet er mir, müsse ich der Bank mitteilen, die mir die Scheine ausgehändigt habe.

Als ich dem freundlichen Berater der Bank, die mir die Scheine ausgezahlt hatte, wieder gegenübersaß, merkte ich, wie schwierig der Umgang mit Beratern und großen Scheinen ist. Der Berater freute sich, mich wieder zu sehen. Seine Beratung habe mich überzeugt, ihn erneut aufzusuchen, begann er und fragte, was er tun könne. Ich zeigte ihm meine Tasche, an die er sich erinnern musste. Damit tat er sich schwer. Bewusstseinsstörung? Er bat mich um Aufklärung. Damit tat ich mich schwer. Ich beichtete ihm meine Verfehlung, Geld von seiner Bank, dazu in großen Scheinen, ihm nicht mehr anvertraut und einem anderen Institut angeboten zu haben.

Er ging nicht darauf ein und erkundigte sich, welchen Betrag ich einzahlen wollte. Die Frage verstand ich nicht, da ihm die Summe bekannt war. In meiner Tasche wartete sie darauf, sich in vertrauter Umgebung einfinden zu können. Der Berater zeigte sich ratlos. Er könne nicht um Herkunft und Inhalt meiner Tasche wissen, räusperte er sich. Er empfehle mir den Austausch meiner Ersparnisse von Bank zu Bank.

Das überforderte mich. Meine nicht kleinen, aber nicht zu üppigen Ersparnisse warteten im Niemandsland einer kleinen Tasche darauf, dorthin heimzukehren, von wo sie ihre Reise angetreten hatten. Die Ankunft blieb ihnen verwehrt. Die Begründung lag irgendwo hinter dem Horizont. Um dorthin zu gelangen, musste ich glühende Kohlen überwinden.

Ich spürte Hilflosigkeit und drückte die Tasche fest an mich. Ich ließ mir aber nicht anmerken, dass ich mir um deren Inhalt keine Sorgen machte. Über meine Scheine wollte ich fortan selbst bestimmen. Es sollte ihnen kein Leid widerfahren. Beratern einer Bank würde ich sie nicht anvertrauen. Wir waren keine gleichgewichtigen Partner, da wir offenbar nicht im selben Orbit kreisen. Wir würden uns nicht auf gemeinsame Positionen einigen, weil die Kommunikationsebenen zwischen mir, meiner Tasche und einer Bank nicht miteinander korrespondierten. Absage an die Normalität. Ich war gefangen in einem Kuriositäten-Kabinett, in dem ich meine Erwartungen laufend nach unten korrigieren musste.

Unser Finanzsystem bedarf der Korrektur. Bis sie verwirklicht ist, verbleiben einige große Scheine in meiner kleinen Tasche.

Wunderbarer Teppich

Wolfi war gut zu mir. Einen wunderbaren kleinen Teppich bot er mir an, mit eingeprägter Zertifikatsnummer. An der Echtheit war nicht zu zweifeln. Ich meinte zwar, ein ähnliches Stück schon einmal gesehen zu haben, aber es fiel mir nicht ein.

Das gute Stück lag vor mir in der Diele. Der Preis war umwerfend günstig. Den könne ich für so wenig Geld von ihm haben, weil ich oft so gut zu ihm gewesen sei. Wolfi strahlte vor Dankbarkeit, obwohl er Geld von mir haben wollte. Er möchte mir etwas Gutes tun, sagte er. Ich konnte mir nicht erklären, wie er in den Besitz dieses kostbaren Stückes gekommen war. „Geerbt", sagte er. Die Tante sei gestorben.

Wolfi klingelte regelmäßig bei mir, wenn er etwas benötigte, Geld in der Regel. Nach und nach war ich großzügig geworden. Diese treue Seele wollte ich nicht abspeisen mit „Geh zum Sozialamt" oder „Das Geld vertrinkst du ja wieder". Wolfi wusste, was er an mir hatte. Deswegen bot er mir jetzt den Teppich an. Der lag jetzt in meiner Diele. Morgen wollte ich ihn reinigen lassen, da ich nicht wusste, welche lebenden und nicht lebenden Spuren sich in den unendlich vielen kleinen Knoten verbargen.

Es schellte. Wolfi schon wieder? Nein, die Nachbarin. Sie habe eine unangenehme Frage, und sie wisse nicht, was sie machen solle. Mir konnte sie keine unangenehmen Fragen stellen. Meine gute Teppich-Laune verlieh mir Sicherheit. Sie vermisse, kam es zögernd über ihre Lippen, einen kleinen Teppich, den sie unten im Hof in die Sonne gelegt habe.

Gute Teppich-Laune. Wunderbares Stück. Umwerfend günstig. Dankbarkeit. Ähnliches schon einmal gesehen. Die Gedanken sind frei. Wolfi war weit weg. Sein Teppich, mein Teppich war auch weg. Ich übte mich in Schadensbegrenzung. Der Nachbarin fiel ein Stein vom Herzen. Mir ein Teppich.

Die Menschen sind nicht schlecht. Sie wissen sich nur auf ihre Art zu helfen. Wolfi wird wieder bei mir schellen. Mit sich selbst ist er gnädig. Er genießt sein Daseinsglück und fühlt sich wohl in rechtsfreien Räumen. Soziale Hängematten sind ihm suspekt. Niemand kann ihn zum Glück zwingen. Er liebt die Ziellosigkeit; sie ist verlockend. Nach mir wird er sich sehnen, ohne sich an einen Teppich zu erinnern.

Ich erhebe nicht vorwurfsvoll den Zeigefinger; denn ich kann ihm nicht den Weg weisen zu einer scheinbar richtigen Welt mit ihren Normen und Regeln. Er liebt offene Horizonte.

Nicht der Letzte seiner Art

Ein Aufschrei ging durch die Lande. Ein Skandal erschüttere den Verband, schrieben die Zeitungen, wussten die Medien. Ein "Sonnenkönig" erstrebe immer noch die höchste Leiter-Sprosse einer sich selbst für wichtig haltenden Vereinigung. Wann beginnt oder endet Vorsitz-Ewigkeit? Ab wann ist man unsterblich? Die meisten wissen es nicht.

Er denkt in anderen Dimensionen. Sein Auftreten überzeugte. Recht und Moral waren auf seiner Seite, ohne dass er andere diskreditieren musste. Seinem Sendungs-Bewusstsein konnte niemand widerstehen – auch die nicht, die widerstehen wollten. Daher Palastrevolution in der Klein-gartenanlage. Das Huhn, das goldene Eier legte, wollte man nicht schlachten.

Er sei nicht perfekt, gibt er zu. Er hält sich nicht für den Unfehlbaren, der auf der Tastatur nie danebengreift. Kein Eingeständnis des Scheiterns. Er wolle nicht vor sich davonlaufen, verteidigt er sich. Dass er mit Tränen kämpfte, mit unscheinbaren Tränen, merkte nur er. Einen

Augenblick lang fürchtete er um den Verlust seiner Bedeutung. Vergangene Taten wirken umso großartiger, je länger und weiter man sich von ihnen entfernt. Siegerposen hält er unter Verschluss, um der Anderen willen.

Der Einzige seiner Art? Alarmierende Nachrichten wird es immer geben. Jede Meldung findet ihr Publikum. Leser und Zuhörer haben es nicht leicht, sich zurechtzufinden in der Nachrichtenschwemme auf der Suche nach besorgniserregenden Neuigkeiten.

Wenn sich der Betroffene eine Weile Ruhe gegönnt hat, entscheidet er sich, das erwarten viele, für das Aufhören. Er wird vom Baum herabsteigen, auf den er geklettert war, und das Dickicht aus unausgesprochenen Wünschen, Zweifeln und Vorwürfen verlassen, wenn sich kein Ausweg findet oder moralische Zäune errichtet werden. Er muss nicht wollen, was nicht sein soll oder nicht in sein Selbstverständnis passt.

Mit ein paar warmen Worten geht er nicht fort. In Selbstmitleid versinkt er nicht. Keine

Rückkehr in die Tristesse. Kein Sprung ins Ungewisse. Auf Verachtung, die ihm widerfuhr, kann er in Ruhe reagieren. Er ist nicht Ladenhüter, will nicht Recht haben um jeden Preis, sondern Frieden mit sich. Er wird sich nach Harmonie und Seelenruhe sehnen, wenn sein Schiff zu sinken droht. Aufhören ist schön, wenn er woanders beginnen kann. Auch an kleinen Siegen kann er sich erfreuen.

Dann wissen die Anderen nicht, was sie mit ihm und sich anfangen sollen. Unbehagen wird sich breit machen. Spielverderber wäre er, würde er aufhören. Beunruhigend wäre sein Bedürfnis nach Ruhe. „Jene, die Ruhe pflegen, kommen manchen ungelegen." Wilhelm Busch wusste das. Alles soll anders werden. Auch mit ihnen. Das hätten sie anders haben können, die Teilzeit-Moralisten, die sonst nichts zu sagen haben. Doch sie wollten es nicht anders.

Am Ende, wenn der Donnerhall verklungen ist, überlegt er es sich aber und erliegt neuen Umarmungen, eingedenk seines Sendungsbewusstseins. Ein Abschied dann, der keiner war. Die Zeit mit Abwarten vertändeln, in

Langeweile taumeln, nach buddhistischer Art unter einem Baum sitzen und auf das Nichts warten, liegt ihm nicht. Lieber macht er eine Rolle rückwärts und findet Geschmack an dem, was er gekostet hat.

Demütigende Orte meidet er. Selbstgeißelung kein Thema. Geschehenes kann er vergessen. Er wird wieder Wurzeln schlagen, Gemeinsamkeiten finden, Machtoptionen ausloten, das Bad in der Menge suchen. Er passt sich Zeitläuften an. Sein Feuer ist nicht erloschen. Er hat noch Pfeile im Köcher. In der Vitrine ist Platz für Pokale eines Wiederholungstäters. Sich war er stets einen Schritt voraus. Der Himmel wird nicht grollen.

Er muss sich der Welt nicht anpassen, sondern wird sich neue Welten schaffen. Er braucht keine Notruf-Nummern, wenn er einen Weckruf verspürt. Wie König Lear, der sein Reich an die Töchter verschenkt und dann von ihnen verjagt wird, wird es ihm nicht ergehen.

Ist der Gescholtene der Letzte seiner Art? Es gibt Andere, Andere seiner Art.

Eine Stadt auf Tour

Mit 250.000 Besuchern rechnet die Stadt und verdoppelt so die Einwohnerzahl. Sie denkt über einen verkaufsoffenen Sonntag nach. Vorher müssen Sicherheitsaspekte überprüft werden, schränkt der Oberbürgermeister ein.

Brauchen könnte die Stadt volle Geschäfte, volle Kassen. Etwa 400.000 Euro kostet der Sonntag die Tour-bereite Stadt. Genaue Kostenkalku-lationen stehen noch aus, heißt es vorsichts-halber. Das Geld wird man irgendwie eintreiben und die Konten der Stadt auffüllen. Unnötige Festlegungen gilt es zu vermeiden. Man hat zudem Sponsoren, die garantieren, dass auf Konten, von denen Beträge abgezweigt werden, wieder eingezahlt wird. Die Kosten so zurecht-zubiegen, dass sie in jedes Rechenschema passen, behaupten nur Böswillige. Auch ein runzeliges Gesicht lässt sich schön schminken. Mut wird belohnt, Übermut weniger.

Auf der Haben-Seite wird man 250 Euro teure VIP-Plätze verbuchen auf der Tribüne vor der

Großbildleinwand. „Very Important Persons" werden bereitwillig für besonderes Sicht-Vergnügen zahlen. Sonstige Hotspots wie Hüpfburgen-Landschaften werden zwar nicht die Schwind-Sucht des Stadtsäckels begrenzen, aber sie sollen sicherstellen, dass sich das Tour-Fieber bis in die entferntesten Winkel der Stadt und der umliegenden Gemeinden ausbreitet.

Das kommende Ereignis hält die Stadt in Atem. Sie ist berauscht von sich, obwohl sie noch etliche Zeit ihren Vorbereitungs-Atem konstant halten muss. Neues entsteht nicht auf Kommando, sondern aus vielen Teilen. Sie kann nicht zurückgreifen auf Erfahrungen früherer Jahre, auch nicht in vertrauten Mustern denken. Innovative Ideen sind gefragt. Den Markt der Möglichkeiten gilt es zu erkunden. Ein Ende der Machbarkeit sieht sie nicht erreicht.

Das Ereignis ist erst-malig, wird ein-malig bleiben. Ein Himmelsgeschenk. „Wenn das Glück anklopft, sollte man zu Hause sein", empfiehlt ein Sprichwort. Dass es ein zweites Mal an die Tore der Stadt pochen wird, ist so schnell nicht zu erwarten.

Nicht der Papst hat sich angekündigt. Keine ranghohen Würdenträger der internationalen Finanzwelt wollen die Stadt beehren. Fahrradfahrer sind es, die auf einer Teilstrecke Richtung Ziel ein paar Asphalt-Kilometer der Stadt unter die Räder nehmen. Viel Zeit werden sie nicht haben, um sich zu wundern, dass sie hier sind. Sie haben es eilig. Für sie ist Tempo der Maßstab – typisch für unsere Zeit, in der es um den Austausch von Leistungen geht und alles den Gesetzen des Wettbewerbs unterworfen wird, wie Papst Franziskus beklagte. Sie werden sich keinen baumfreien Blick auf die „Gute Stube" der Stadt gönnen. Ein nachträgliches Argument für die umstrittene Baumfäll-Aktion geht verloren.

Es werden nicht Radfahrer erwartet, die zu normalen Tageszeiten die städtischen Radwege nutzen, um an ihren Arbeitsplatz zu gelangen oder um Freizeit-Müßigfahrten zu huldigen. Die Radfahrer sind Renn-Fahrer. Sie rennen nicht um ihr Leben, sondern kämpfen mit und ohne himmlisch-irdische Zuwendungen darum, nach dreitausend abgestrampelten Kilometern die Pariser Champs-Élysées zu erreichen.

Die Stadt nimmt Anteil am Tour-Spektakel. Die Image-Kampagne läuft. Es soll ein Spektakel werden, das Aufsehen erregt. Das Rahmenprogramm darf unspektakulär sein, muss aber zum Spektakel passen und Stress-Tests aushalten können.

An jenem Sonntag wird die Stadt ihren großen Auftritt haben. Sie hat den Traum, von viel mehr Menschen gemocht zu werden, als bisher geschehen. Davon wird sie sich hinreißen lassen. Sie wird sich groß fühlen, geachtet und beachtet, mag sie auch von Neidern wegen ihrer tatsächlichen Größe für klein gehalten werden und sich nicht angemessen gewürdigt fühlen.

Der magische Geruch kommender Bedeutsamkeit verleiht Flügel. Einen Sonntag lang sind die Scheinwerfer der Aufmerksamkeit auf sie gerichtet. Ohne Quarantäne-gleiche Hemmnisse nimmt sie Überschreitungen städtischer Regeln in Kauf. Ihre Geschmeidigkeit kann grenzenlos sein. Das lustvolle Tour-Capriccio wird sie sich nicht entgehen lassen, selbst Kapriolen schlagen, wenn es ihrem Ansehen dient. Vieles kann in empörungsbereiter Gegenwart missverstanden werden – dieses Ereignis nicht. In dem Fall besteht keine Kluft zwischen Anspruch und Wirklichkeit.

Die Stadt jagt kein Phantom, präsentiert kein Utopia, keine Illusionen, sondern die Tour – eine sich selbst erfüllende Prophezeiung.

Im Wettstreit um Aufmerksamkeit hat sie längst zugelegt.

Stadt für Pianisten

Pianisten der Welt zu Gast in der Stadt – nicht, weil die Stadt einen besonderen Ruf bei ihnen hat. Sie bietet ihnen eine Bühne, garantiert ihnen interessierte und dankbare Zuhörer. Der junge Pianist ist zum ersten Mal hier zu Gast. Es gibt größere, bekanntere Städte, in denen er sein jugendliches Können unter Beweis stellte. Wien und Rio de Janeiro, Tel Aviv und Peking. Überall Bewunderung. Er ist in der Pianisten-Welt zu Hause. „Freuen Sie sich auf einen ungewöhnlichen Pianisten", kündigt ihn der Schirmherr der Veranstaltung an.

Der junge Pianist – Künstler ohne theatralische Gesten. Nicht sich selbst sieht er im Vordergrund, sondern Haydn, Chopin. Reger, Liszt, aus deren Werken er vorspielt. Das spricht für ihn. Manche Zuhörer wirken überfordert. Die eine oder andere Anleitung zu den Werken hätte ihr Verstehen unterstützt. Haydns Fantasie in C-Dur, Chopins Sonate Nr. 3, Max Regers „Träume am Kamin" könnten sie besser verstehen, wenn Emotionen des Pianisten spürbar wären. So bleibt es beim leichthändigen, wunderbaren Vortrag.

Höflich reagiert der Künstler auf Zwischen-Applaus nicht immer fachkundiger Zuhörer. Denen ist entgangen, dass die vier Sätze von Chopins Sonate ein Ganzes bilden. Der Pianist erhebt sich, bedankt sich respektvoll, spielt weiter.

Die Ungarische Rhapsodie versöhnt. Das Feuer, das sich in Max Regers Träumen noch versteckt hatte, lodert hell auf. Auch der Pianist lebt auf. Franz Liszts „ungarische Zigeuner-klänge" erwachen mit ihm zum Leben und verkünden mitreißende Lebensfreude.

Ein großer, junger Künstler in der „Guten Stube" der Stadt. Der Ruf, der ihm vorauseilt, verleiht auch der Stadt Glanz, die Talente fördert. Sie widerlegt die Behauptung, sie sei nicht gut genug für solche Ereignisse. Dankbar darf man teilnehmen. Der junge Pianist kommt gerade recht. Die Sorge, der Stadt könnten die Ideen ausgehen, ist unbegründet.

Der Bürgerpreis

„Bürgerpreis an engagierte Bürgerinnen, Bürger und Initiativen, die sich ehrenamtlich in besonderem Maße für geflüchtete Menschen einsetzen". Zum fünften Mal wird der Preis von der Partei verliehen.

Man kennt sich, man plaudert, man schüttelt Hände. Zwanglose Atmosphäre. Familientreff. Begrüßung durch die Bundestagsabgeordnete und Vorsitzende in der Stadt. Begrüßenswerte Mitglieder sind anwesend. Besonderer Gast „die liebe Christina", Ministerin für Familie, Kinder, Jugend, Kultur und Sport des Bundeslandes. Sie weiß nach Besuchen in Pakistan, Afghanistan, im Libanon um die dortige Not der Menschen. Sie glaubt, dass die Menschen trotz vieler Rückschläge auf eine demokratische, lebenswerte Gesellschaft setzen und ihrer Hoffnungslosigkeit entkommen wollen.

Oft gaben sie sich Illusionen hin und wurden enttäuscht. Scheinbarer Ausweg: Flucht, in der Hoffnung auf eine bessere Zukunft. Dabei riskierten und verloren viele ihr Leben.

Eine gesamtstaatliche, gesamtgesellschaftliche Herausforderung, sagt die Ministerin. Guter Wille sei gefragt. Den erkennt sie bei den „Helden unserer Zeit" – den Bürgern und den Initiativen, die informelle Bündnisse schmieden und Integration leisten. Nicht Ausländer kämen zu uns, sondern Menschen. Vor allem Kinder. Eine eindeutige Haltung gegen Fremdenfeindlichkeit, welche unsere Gesellschaft spalte, sei gefordert. Flüchtlings-Geschichten müssten Erfolgsgeschichten werden. Verantwortungsbewusstsein und Durchhaltevermögen seien gefragt.

Ein Ensemble der Musikschule sorgt mit beschwingter "Alter Musik" dafür, dass Töne die Oberhand behalten, die positiv stimmen. Dafür sorgt auch die Auszeichnung der engagierten Bürger.

Der Leiter einer Begegnungsstätte blickt auf dreißig-jährige Tätigkeit im sozialen Brennpunkt zurück. Sympathisch, dass er die Ehrenamtler einbezieht, die nicht immer im Fokus stehen. Sie betreiben kein Krisen-Management und müssen nicht mit kühnen

Ideen auffallen. Sie kümmern sich mit ihm in einem Ladenlokal und im Flüchtlings-Café um alltägliche Belange: Hausaufgabenbetreuung, Planung von Festen. Sprachkurse. Dass er für sie zur Vertrauensperson wurde, gründet in seinem positiven Menschenbild.

Die Mitglieder einer Facebook-Gruppe und ihr Initiator werden ausgezeichnet. Ihr Engagement schien zunächst „Tropfen auf den heißen Stein" zu sein. Doch es wurde ein Erfolg, für Flüchtlinge Partei zu ergreifen, obwohl zunächst kaum Anlass zum Optimismus bestand. Jetzt engagieren sich viertausend Bürger, zehn bis fünfzehn waren es zu Beginn.

Diejenigen, die Hilfe benötigen, verhalten sich nicht immer so, wie man es von erwartet. Oft müssen Helfer von vorne beginnen, da sie sich nicht mit Utopien, sondern mit der Realität auseinandersetzen müssen. Daher agieren sie zuweilen zwischen Ablehnung und Zustimmung, wenn einzige Gewissheit die Ungewissheit ist. Weitermachen ist angesagt, auch wenn es keinen Sinn zu haben scheint. Experimente und Übergangslösungen können weiterhelfen.

Nicht immer finden Helfer den richtigen Zugang und treffen Fehlentscheidungen, wenn Hilfe nicht so gewollt wird, wie sie man sie anbietet. Das Engagement gleicht dann einer nachdenklich machenden Lektion in Sachen „Demut üben".

Ein Schwimmverein demonstriert, wie über sportliche Initiativen Hilfsmodelle entstehen. In einem Schulschwimmbad geht ein Übungsleiter mit Asylbewerbern schwimmen. Es seien immer Interessenten da, sagt die Vorsitzende und Preisträgerin. Schwimm-Termine, getrennt für Männer und Jungen, Frauen und Mädchen werden angeboten. Badeanzüge und Badehosen werden gestellt. Helfer planen Hilfen, wo Not an Frau, Mann oder Kind ist. Sie warten nicht auf Strategien von morgen oder eine Lizenz zum Handeln.

Ihre Eindrücke und Erfahrungen lassen sich die Anwesenden beim kleinen Buffet auf der Zunge zergehen. Der Bürgerpreis erweist sich als lobenswerte, nachahmenswerte Initiative. Er dokumentiert, dass der zunächst hoch gelobte und später gescholtene Mutmach-Wahlspruch

„Wir schaffen das" seine Berechtigung demonstriert. Enthusiasmus, nicht Lethargie ist vonnöten. Umgesetzt wird es von denen, über deren Tun die Zeitungen selten berichten.

Ein Dach für die Seele

Abschied nehmen tut weh – von Freund, von der Freundin; vom Partner, mit dem man ein Leben lang zusammen sein wollte. Abschied von enttäuschenden Erfahrungen, von nicht erfüllten Träumen – unabhängig davon, in welche Zukunft man sich aufmacht. Grenzerfahrungen, die zu Verletzungen führen, welche man erleidet oder anderen zugefügt hat.

Muss eine Partnerschaft bestehen bleiben, obwohl man sich das Leben zur Hölle macht und Beziehungen zerstört? Was ist, wenn Vereinbarungen ihre Selbstverständlichkeit eingebüßt und zunehmender Gleichgültigkeit gewichen sind? Ist es dann nicht konsequent, der inneren Kündigung die äußere folgen zu lassen?

Partner, die am lebenslangen Projekt Treue gescheitert sind und den schmerzhaften Prozess der Trennung und Scheidung durchlebt haben, möchten in der Regel nicht zurück. Zurückliegendes beschwören hilft nicht weiter. Beide würden sich jedoch wohler fühlen mit einem versöhnlichen Schluss-Strich unter ihre Beziehung.

Wenn eine kirchlich geschlossene Ehe scheitert, verbieten katholisch-kirchliche Bestimmungen Wiederheirat zu Lebzeiten des Partners. Ehen würden im Himmel geschlossen, verteidigt die Katholische Kirche ihren Standpunkt. Sie sieht sich auf der richtigen Seite und legt, da sie um ihr Bremspotential weiß, Verteidigungslinien fest. Scheidungen seien nicht vorgesehen. Für Betroffene ist das Verbot demütigend, unbarmherzig, unversöhnlich.

Fehlt es der Kirche an Lebensnähe, Toleranz und Barmherzigkeit? Kann sie glaubwürdig die Botschaft von einem Gott verkünden, der zur Versöhnung aufruft? Viele sagen „Nein". Im Niemandsland zwischen Glauben und Nicht-Glauben verflüchtigen sich Bindungen an die Kirche. Man will die Kirche nicht abschaffen, aber auch nicht „auf sie hören", wie ein Tauf-Lied verkündet. Wenn die Kirche heilsame Gemeinschaft sein will, muss sie dann nicht auch denen beistehen, deren Gemeinsamkeit scheiterte?

Wem nützt es, wenn die Amtskirche Bedauern ausspricht bezüglich der Scheidungsziffern, es aber dabei bewenden lässt und Betroffene hinter kirchlichen Barrikaden abschließt? Muss sie nicht alte Deutungen ändern? Ist es nicht hilfreich, den Menschen zu zeigen, dass Gott, auf den sich die Partner eingelassen haben, mitgeht in das Zerbrechen einer Beziehung? Eine gescheiterte eheliche Beziehung war nicht sinnlos. Sie behält ihren Wert. Ein Ja-Wort muss nicht widerrufen werden. Vielleicht ist Scheidung nicht immer Endstation, sondern Durchgang und Übergang zu einem neuen, positiven Lebensabschnitt.

Menschen brauchen zum Überleben ein Dach für die Seele, hat jemand gesagt. Dieses Dach suchen sie, wenn das Beziehungshaus, in dem sie gewohnt haben, nicht mehr bewohnbar ist. Warum sollen Betroffene kein Recht auf ein neues Dach, auf eine neue Liebe haben? Sollen sie in Sack und Asche gehen, und sich an die letzten Reste ehelichen Lebens klammern? Wiederheirat muss nicht Mangel an Moral bedeuten. Sie kann Überlebens-Wille sein und beweisen, dass Menschen auch nicht vom

Traum einer verlässlichen Bindung ablassen, wenn sie Schiffbruch erlitten haben. Kann die Kirche nicht mit bauen am Dach für die Seele, damit Menschen ihr seelisches Gleichgewicht behalten oder wieder finden? Kann sie nicht Menschen aus ihrer Erstarrung befreien? Kann sie nicht ihre Integrationskraft unter Beweis stellen?

Auch die Orthodoxe Kirche des Ostens erklärt, dass Wiederheirat nicht dem christlichen Eheverständnis entspricht. Sie toleriert jedoch eine Zweit- bzw. Dritt-Ehe nach einer Scheidung, wenn diese im Einzelfall als bestmögliche Lösung erscheint. Scheidung wird nicht gut geheißen, Wiederverheiratete oder Geschiedene werden aber nicht verurteilt.

Es gibt Paare, die nach standesamtlicher Zweit-Ehe die Katholische Kirche um den Segen bitten. Manche Pfarreien kommen dem nach, weil sie um die Bedeutung kleiner Gesten wissen. Andere lehnen es ab. Papst Johannes Paul II. erklärte im Jahre 1980, dass die Kirche „diejenigen nicht sich selbst überlassen darf, die eine neue Verbindung gesucht haben, obwohl sie durch das sakramentale Eheband mit einem Partner verbunden sind". Hat man die Äußerung vergessen, oder will man sie nicht wahrhaben?

Gelingender Neuanfang setzt voraus, dass die Partner keine Selbstrechtfertigung betreiben. Sie sollten sich des vergangenen Glücks erinnern und Frieden mit sich und dem bisherigen Lebensgefährten schließen. Rache-Phantasien stehen jedem Neubeginn im Weg. Sich zu versöhnen mit der Vergangenheit erleichtert den Neubeginn.

„Was ihr auf Erden binden werdet, wird auch im Himmel gebunden sein." Das steht in der Bibel. „Was ihr auf Erden lösen werdet, wird auch im Himmel gelöst sein." Steht auch in der Bibel.

Für gute, Vertrauen stiftende Nachrichten ist es nie zu spät.

Das Zirkuspony

Es war eine schöne Zeit. Am liebsten wäre mir, sie würde nie zu Ende gehen. Immer war ich geduldig, gutmütig, zu allen freundlich. Durch nichts habe ich mich aus der Ruhe bringen lassen. Die Zuschauer habe ich zum Lachen und Staunen gebracht, wenn ich einen Hund oder eine Katze auf meinem Rücken reiten ließ.

Vor allem habe ich mich gefreut, wenn Kinder mir zusahen. Sie riefen laut meinen Namen, wenn ihnen an meinen Kunststücken etwas gefiel. „Prinz", riefen sie, „bravo Prinz". Ihr Beifall zeigte mir, was ich erreicht habe. Zu Kindern war ich immer freundlich. Ich war zu vielen Späßen bereit, um sie zu erfreuen. Ich stelle mich also vor: Prinz heiße ich - Prinz, das Zirkuspony.

Jetzt soll alles vorbei sein? Auf den Gnadenhof wollen sie mich abschieben. Ich sei in die Jahre gekommen und zu alt für den Zirkus, behaupten sie. Dass ich kürzlich operiert werden musste, sei der Beweis. Regelmäßiges Training bedeute Stress. Die Manege, in der ich meine Runden drehe und Kunststücke vorführe, sei eng; das habe meine Gelenke strapaziert. Ich dürfe nichts Unnötiges mehr riskieren.

Daher habe er im Zirkus keine Zukunft. Dies sei der Lauf der Dinge. Zirkustiere seien Arbeitstiere und nicht nur zur Unterhaltung der Zuschauer da. Hart arbeiten müssten sie. Ich hätte ein bequemeres Leben verdient.

Will ich das denn? Niemand hat mich gefragt. Ich kann mich nicht erinnern, über mein Leben geklagt zu haben. Meine Kunststücke seien nicht mehr so gefragt wie früher, sagen sie. Heutige Zirkusbesucher möchten Sensationen sehen; die könne ich nicht bieten.

Was soll ich da? Darf ich mich nur darüber freuen, dass ich noch lebe? Mein Freund, das Zebra, hat mich gewarnt. Der Gnadenhof sei letzte Station vor dem Schlachthof.

Nein, das will ich nicht. Auf ein Gnadenbrot verzichte ich. Ich bin nicht krank, nicht behindert. Die Lektionen und Gangarten, die ich gelernt habe, beherrsche ich immer noch.

Pirouetten drehen, die Vorderbeine überkreuzen, mich auf Kommando hinsetzen oder auf den Boden legen – alles beherrsche ich im Schlaf.

Es ist schön, wenn wir Neues einstudieren. Gestern haben wir das Ja- und Nein-Sagen geübt. Wenn ich Ja sagen soll, nicke ich mit dem Kopf von oben nach unten; bei Nein bewege ich ihn einige Male von links nach rechts. Manchmal habe ich das verwechselt, wie ich zugebe. Ich habe mich beschwert, als ich kein Leckerli bekam. Eine Möhre oder ein Stück getrocknetes Brot mag ich gern. Eine Naschkatze bin ich. Ich weiß aber, dass ich mich anstrengen muss.

Die Abwechslung im Zirkus tausche ich nicht ein gegen ein Leben auf dem Gnadenhof. Auch im Tierheim will ich nicht leben. Ich würde mich zu Tode langweilen und vor allem die Kinder vermissen. Solange ich lebe, bleibe ich Zirkuspony. Etwas anderes kommt nicht in Frage.

Gläsernes Kalb

Abgekalbt wurde ich. Ab und weg. Muss ich erdulden, dass man so mit mir umgeht? Wie ich dorthin kam, von wo ich abging, sagt niemand. Künstlich soll es gewesen. Meine Mutter sei belegt worden. Verstehe ich nicht. Das aber weiß ich: Vierzig Kilo wog ich, als ich den Ort verließ, wo ich war. Und Platz hatte ich mehr als hier.

Ich bin ein Kalb. „Mutti, guck mal das Kälbchen", rief ein Kind. „Ist es nicht niedlich?" Ich bin nicht niedlich und auch kein Spielzeug. Verluste soll es geben, wenn man abgekalbt wird, habe ich gehört. Kälber-Verluste. Ob ich Geschwister hatte, die abgekalbt wurden? Haben sie nicht überlebt? Es würde mich nicht wundern. So wie sie mit mir umgehen, werde ich das auch nicht überleben.

Kaum konnte ich auf vier Beinen stehen, wurde ich herumgeschubst. Ich darf nicht trinken und fressen, was mir schmeckt, nur das. was mir vorgesetzt wird. Aufzucht-Programm nennen sie das – leistungsgerecht, kalbgerecht. Ich fresse nicht, sondern werde optimiert gefüttert. Täglich nehme ich achthundert Gramm an Gewicht zu. Mein Entwicklungs-Potential muss ausgeschöpft werden. Kann mir jemand sagen, wie das enden soll?

Gut versorgte Kälber seien die guten Kühe von morgen, sagen sie. Warum muss ich an morgen denken? Ich habe Appetit auf leckeres Gras. Stattdessen wird mir grässlich schmeckendes Grundfutter serviert. Es riecht nicht gut; aber ich fresse es, weil ich nicht verhungern will. Da ich Hochleistungs-Kuh werden und demnächst viel Milch geben soll, bekomme ich Leistungsfutter. Kaum habe ich zu leben begonnen, muss ich etwas leisten. Besondere Leistungen kann ich bringen, wenn ich verwöhnt werde. Ich stelle daher Ansprüche.

In eine Einzelbox haben sie mich gesperrt. Umdrehen ist unmöglich, außerdem verboten. Auf Sägemehl muss ich mich ausstrecken, wenn ich müde bin. Warum darf ich nicht nach meinen Wünschen meine Wohnung einrichten? Morgens um vier Uhr geht die Beleuchtung an. Sie weckt mich aus den schönsten Träumen.

Hier sei kein Streichelzoo, sagte man, als ich mich beschweren wollte.

Aus Protest werde ich nicht mehr fressen. Hoffentlich merkt das der Apparat nicht, mit dem sie die Futterration berechnen. Alles, was ich mache, wird registriert. Tag und Nacht werde ich kontrolliert. Eine Nummer haben sie an meinem Halsband angebracht. Darüber werde ich identifiziert; vom Stall bis zur Theke, sagen sie. Ich sehe keine Theke. Die Nummer soll mein Personalausweis sein. Wozu brauche ich den? Ich will nicht verreisen.

Ich bin eine Nummer, ein gläsernes Kalb. Zu meinen Freunden und Verwandten will ich. Denen werde ich erzählen, wie man mit mir umgeht. Ich beanspruche das Recht auf ein kalbgerechtes Leben – nicht so, wie sie es verstehen. Ich will nicht an die Theke – ich, das Kalb.

Wo sind meine Fische?

Mein Gartenteich ist ein Paradies. Er ist nicht übermäßig groß, aber es steht auch nirgendwo geschrieben, wie groß das andere Paradies war. Dass Teich-Besitzer die Algenpest fürchten oder dass üppiges Ausbreiten von Algen und Wasserpflanzen Kummer bereitet, verstehe ich nicht. Mein Teich ist zu klein für Hiobsbotschaften.

Gartenteiche können umkippen, erzählte mir ein Nachbar. Als er mein verdutztes Gesicht bemerkte und meine Gedanken erriet, klärte er mich auf: Faulgase würden das Leben im Teich zerstören. Bei meinem Teich hätte ich das nicht festgestellt, erwiderte ich. Ich solle mich mit Teich-Problemen vertraut machen, riet er mir. Ich würde es tun, wenn welche auftreten sollten, versicherte ich ihm. Dann sei es zu spät, warnte er mich. Ich hoffte, dass ich eventuelle Probleme früh genug bemerken würde.

Jetzt habe ich ein Problem. Wo sind meine Fische, die sich im Teich wohlfühlten und auf

mich zu schwammen, wenn sie mich sahen?
Keine preisgekrönten asiatischen Zuchtexemplare. Fische dienen nicht der Wohlstands-Vermehrung. Jetzt sind viele nicht mehr da.
Zählen lohnt nicht. Winterschlaf-Zeit ist nicht.
Verschenkt habe ich keine. Wo sind meine
Fische?

Der Nachbar ist nicht überrascht. Er habe mich gewarnt, stellt er fest. Vor Pflanzen, verteidige ich mich. Im Gartenteich gebe es vielfältige Probleme, werde ich belehrt. Algen und Pflanzen, Fische und Frösche bildeten eine Teichfamilie. Keine Familie ohne Probleme. Jetzt seien Fische das Problem.

Es komme vor, dass ein Gartenteich leer gefressen werde. Wer als Täter in Betracht komme, der so viel Fisch-Appetit hat, sagt er nicht. Es kämen viele Täter in Frage, die frühmorgens auf Fisch-Jagd gehen; fliegende Täter, vierbeinige Täter. Von zweibeinigen Tätern könne ich absehen, da sich Teich-Fische meistens nicht zum Grillen eignen.

Soll ich mein Bett am Gartenteich aufstellen

und zu früher Morgenstunde den Wecker klingeln lassen, um Fisch-hungrige Täter auf frischer Tat ertappen zu können? Mein Nachbar überhört die Frage. Erst nachdem ich sie wiederhole, gesteht er, er habe keinen Gartenteich. Daher wisse er nichts über das Fluchtverhalten von Teich-Fischen.

Der Nachbar kann mir nicht helfen. Die Welt besteht aus Einzelkämpfern. Das bewahrheitet sich wieder. „Hilf dir selbst, so hilft dir Gott." Ich muss mich an das bekannte Sprichwort klammern und die Initiative ergreifen. Das Verschwinden von Fischen kann kein unvermeidbares Schicksal sein. Ein Schild werde ich aufstellen: „Fische abhandengekommen. Finder erhält Belohnung." Ich will nicht in der Erinnerung an sie leben und weigere mich mir vorzustellen, sie könnten gefressen worden oder auf Grilltellern gelandet sein.

In meinem Paradies herrschen Eintracht und Frieden. Das muss bleiben.

Nach neun Monaten

„Kannst du nicht die Beine bei dir halten? Dein Strampeln nervt mich."
„Für mich ist es hier genau so eng wie für dich. Ich will raus."
„Und wo willst du hin?"
„Raus, habe ich gesagt."
„Und wo geht es hier heraus? Hast du eine Tür entdeckt oder ein Fenster, aus dem du springen kannst?"
„Ich kann nichts sehen. Eingesperrt haben sie uns."

„Du sollst die Beine bei dir halten. Überall habe ich blaue Flecken. Wenn du noch einmal trittst, drehe ich dir die Schnur um den Hals."
„Willst du mir drohen? An der Schnur hängen wir beide. Mit gehangen, mit gefangen."
„Weit wirst du nicht kommen. Mich musst du mitschleppen. Aber ich bleibe hier."
„Warum willst du nicht raus? Willst du hier überwintern?"
„Ich finde die Unterkunft bequem und gemütlich. Wenn du nicht ständig treten würdest, könnte ich es noch lange aushalten."

„Wir haben das Quartier für neun Monate gemietet. Dann ist Schluss."
„Warum soll ich hier raus, wenn es mir gefällt."
„Wir haben eine befristete Aufenthaltsgenehmigung, wie unsere Vormieter. Mindestens drei Mal sind hier schon welche ein- und ausgezogen."

„Hör auf. Ich bleibe. Außerdem weiß ich nicht, wo es hier rausgeht."
„Wo wir hereingekommen sind, wird es auch herausgehen."
„Und wo ist der Eingang? Kannst du Licht machen und ihn mir zeigen?"
„Derjenige, der diese Unterkunft geschaffen hat, wird dafür gesorgt haben."
„Gesetzt den Fall, du findest hier raus: Was willst du draußen?"
„ Wenn ich draußen bin, werde ich sehen, was zu tun ist."
„Sag lieber, dass du mich nicht treten willst."
„Unterbrich mich nicht wieder. Immer, wenn ich eine gute Idee habe, redest du dazwischen. Also was wollte ich sagen?"
„Wenn wir nicht freiwillig gehen, werden sie uns hinauswerfen."

„Sag mir, was du draußen machen willst."
„Die Sonne genießen."
„Weißt du, wie sie aussieht? Sie wird zu gefährlich sein. Da du lange im Dunkeln gelegen hast, wird sie dich blenden. Dann ist Schluss mit Sonne."
„Überall siehst du Gefahren. Dass wir seit neun Monaten im Dunkeln sitzen, ist wahrscheinlich nicht gefährlich."
„Daran haben wir uns gewöhnt. Ich kann dich zwar nicht sehen, aber ich weiß, dass du da bist. Außerdem trittst du mich ständig."
„Wenn dir das genügt, kannst du ja bleiben. Ich werde die Wohnung kündigen und mich von dir losreißen."

Es begann ein Schieben und Drängen. Die beiden Bewohner konnten sich nicht erklären, was geschah. Auch draußen hatte man wahrgenommen, dass sich drinnen etwas ereignete, und Vorkehrungen getroffen.

Zwei Menschen gaben ihren Wohnsitz auf. Die Sonne war ihnen gnädig gestimmt an diesem Vormittag. Sie verharrte im gebührenden Abstand zu ihnen. Deren vorsichtiges Blinzeln nahm sie wahr und lächelte mild. Sie wusste, dass sie sich Zeit lassen konnte. Ihr helles, wärmendes Licht würde sich nach und nach behutsam über das neue Leben ergießen, das sie soeben begrüßt hatte.

Erster Schultag

Mein Einschulungsdatum in die „Deutsche Volksschule" war ein Tag mitten im Zweiten Weltkrieg. Tag und Nacht fürchtete mein Heimatort wegen der nahen Eisenbahnstrecke Angriffe von Jagdbombern. Unsere Familie hielt sich meistens im Keller unseres Hauses an der „Josef-Goebbels-Straße" auf.

An alle Einzelheiten meines ersten Schultags erinnere ich mich nicht. Eine süße Schultüte gab es nicht. Wo hätte man sie besorgen sollen? Ich weiß noch, dass sich die I-Dötze, wie wir genannt wurden, auf dem Schulhof aufstellten. Händchen haltend wurden wir ins Gebäude geführt. In einem großen Raum lagen paarweise Holzschuhe, Klompen, auf dem Boden. Jedes Dötzchen erhielt ein Paar. Unsere Schul-Tüte.

Die Bevölkerung des Dorfes war fast ausnahmslos katholisch. Die Schule hieß logischer Weise „Katholische Bekenntnisschule". Kurz vor Kriegs-Beginn wurde sie umbenannt in „Gemeinschaftsschule". Religiöse Symbole und

Kreuze verschwanden aus dem Schulgebäude.

Oma fand es unerträglich, dass ich in eine „heidnische Schule" ging. Wahrscheinlich war sie froh, dass die Schule wegen der Gefahren des Luftkriegs kurz nach meiner Einschulung geschlossen wurde. In den folgenden Monaten wurde das Schulgebäude oft bombardiert. An Schule und Unterricht war nicht zu denken. Ersatzunterricht gab es nicht. Schreibübungen auf der Schiefertafel, die Oma mit mir vornahm, waren Zeitvertreib, nicht private Nachhilfe.

Am 1.März 1945 rückten auf Panzerfahrzeugen amerikanische Soldaten ins Dorf ein. Meine Mutter hisste ein weißes Handtuch. Es half nichts. „Raus", sagten bewaffnete Soldaten. Kleidung, Bettzeug, ein paar Küchengeräte durften wir mitnehmen. Schulbücher besaß ich nicht. Die "Josef-Goebbels-Straße" wurde in "Oststraße" umbenannt. An Schule war kein Denken.

Im August wurde die Schule wieder geöffnet. In der Kirche gab es einen Gottesdienst. Kinder und Lehrer nahmen teil. Danach ging es in einer Prozession zur Schule. Auch dort eine Feier. Die Schulräume wurden gesegnet. Statt Hakenkreuzen hingen Kruzifixe an den Wänden. Die Schule war wieder eine „Katholische Bekenntnisschule", das „Heidentum" beendet.

Im ersten „Zeugnis der Deutschen Volksschule" vom 1. April 1946 für die erste Klasse steht der Vermerk: „Schulaufnahme 1.9.1944. Schuljahr 1945/46". Zwei Jahre dauerte mein erstes Schuljahr. Ein langes Schuljahr.

„Nicht für die Schule, sondern für das Leben lernen wir." Seneca, Erzieher und Berater des römischen Kaisers Nero, hat das geschrieben. An Krieg wird er nicht gedacht haben.

Wie auf einer Reise – Ein Brief

Eigentlich muss ich dir nicht schreiben, weil wir uns oft sehen und miteinander reden. Aber ein Brief ist etwas anderes als ein Gespräch. Man kann ihn lesen, wieder weglegen, ihn ein zweites oder drittes Mal lesen. Beim zweiten oder dritten Mal sieht man vielleicht genauer hin als beim ersten Mal. Vielleicht fällt einem etwas auf, das man vorher nicht richtig wahrgenommen hat.

Gelegentlich reden wir über deine Mitschüler und Mitschülerinnen oder über deine Lehrer. Manche findest du doof oder langweilig, andere ganz nett. Von einem Jungen aus deiner Klasse hältst du seit einiger Zeit viel. Das sei nichts Besonderes, erwiderst du. Er sei nur nett.

Hin und wieder fragst du nach einem heißen Tipp, wenn es in Mathe um Symmetrie-Ebenen oder um Schnittflächen geht. Es kann sein, dass ich das auf Anhieb nicht weiß und mich erst informieren muss. Du findest es tröstlich, wenn Erwachsene zugeben müssen, etwas nicht zu wissen.

Wir sprechen hin und wieder über Dinge, die nichts mit Schule zu tun haben, sondern mit dir. Du willst kein Kind mehr sein, bist aber auch noch nicht erwachsen. Erwachsen willst du nicht sein, aber auch kein Kind mehr. Das ist wie bei einer langen Reise, die man antritt. Zwischen Abfahrt und Ankunft liegen oft viele Stationen. Bei der einen Station hält man sich länger auf, bei einer anderen nur eine kurze Zeit. Bei der einen Station möchte man bleiben, bei der anderen ist man froh, wenn der Zug weiterfährt.

Manchmal ärgerst du dich, wenn dein Zug halt macht, wo du es total langweilig findest. Aber du merkst, dass deine Wünsche nicht immer so in Erfüllung gehen, wie du es dir vorstellst. Deine Eltern sehen das natürlich. Auch sie wollen, dass du erwachsen wirst. Aus eigener Erfahrung wissen sie, dass dies nicht im Eiltempo geht. Daher bremsen sie manchmal deine Fahrt ab und sagen HALT, damit dein Zug nicht aus den Schienen springt. Vielleicht glaubst du, dass sie deine Reise stoppen wollen. Aber sie möchten verhindern, dass dein Zug entgleist.

Auf deiner Reise sammelst du viele Eindrücke, auch solche, die du nicht wichtig findest. Auch andere reisen mit – Reisende, die mit dafür sorgen wollen, dass du ans Ziel kommst.

Ich wünsche dir gute Fahrt. Komm gut an.

Du hast einen Freund – Ein Brief

Vorgestern hockten wir zusammen und sprachen über alles Mögliche. Ich hatte den nassen Regenschirm zum Trocknen ins Badezimmer gestellt. Ein zweiter Schirm stand in der Ecke. Karli habe ihn stehen lassen, sagtest du. Er sei schon einmal vergesslich, sonst aber in Ordnung.

Karli ist dir sympathisch. Vorige Woche lud er dich ins Kino ein, anschließend zum Eis beim Italiener. Wenn man einen Freund hat, möchte man mit ihm viel zusammen sein. Dein Freund sei Karli noch nicht, wehrtest du ab. Aber er sei nett.

Es ist schön, einen Freund zu haben. Neulich war er bei euch zu Hause, weil er dir ein Buch bringen wollte. Deine Mutter öffnete die Tür. Sie war überrascht, als er sich vorstellte. Er kam wegen des Buches, sagtest du. Aber er kam vielleicht auch deinetwegen. Deine Mutter hat das gemerkt, aber nichts gesagt. Deine Eltern spüren, dass auch andere Menschen für dich interessant werden.

Bisher hast du daheim erzählt, was du erlebt hast oder wie du dich fühlst. Jetzt kommt es vor, dass Karli Dinge von dir erfährt, die Mutter und Vater nicht oder noch nicht wissen. Ihm vertraust du etwas an, was nur er wissen soll. Karli macht das genauso. Er weiß, dass du ihm anders zuhörst als seine Eltern. Karli ist für dich nicht wichtiger als deine Eltern, aber auch wichtig.

Mutter und Vater merken, dass du nicht mehr nur ihre Tochter bist, sondern auch Karlis Freundin. Ein wenig müssen sie dich mit ihm teilen. Das fällt ihnen nicht immer leicht. Sie müssen dir mehr Zeit für dich geben, ohne zu fragen, wie oder mit wem du deine Zeit verbringst. Sie hoffen und wünschen, dass du selbständiger wirst und entscheiden lernst, was gut für dich ist.

Du magst Karli. Vielleicht wird er dein Freund. Lass dir Zeit. Lass ihm Zeit. Dann kann eure Freundschaft gelingen.

Ich passe auf Sie auf

Er sitzt mir auf einem Klappstuhl gegenüber. Er müsse auf mich aufpassen, erklärt er seine Aufgabe. Die wird ihm nicht schwerfallen, da ich angeschnallt bin. Große Bewegungsfreiheit habe ich nicht. Uns verbindet derselbe enge Raum eines Krankenwagens auf der Fahrt in die Klinik.

„Sagen Sie Jimmy zu mir", ermuntert er mich. „Ich bin der Sani seit einem Monat, nach dem Abi. Nicht mein Traumjob." Er weiß nicht, auf welche Art von Tätigkeit er demnächst Lust hat. „Mein Traumjob auch nicht", erwidere ich. „Verstehe", sagt er. „Blöde Situation. Aber ich passe auf Sie auf." Den Wagen fährt Henni. Er bedient das Navi. „Navi zeigt uns den Weg", sagt Jimmy. „Klar", antworte ich; „habe ich auch im Auto."

„Henni, Jimmy, Sani. Kann man sich merken." Jimmy ist redselig, will mich unterhalten. Wie ein Therapeut, der mir zuredet. Der Beschützer-Instinkt ist geweckt. „Sanitäter" ist umständlich", beginnt er wieder. „Bin ich auch noch

nicht." Wie er mich nennen soll, sagt er nicht.
Er sagt „Sie". Vielleicht Vorschrift.

Was ich mache, wenn ich nicht in die Klinik
muss, will er wissen. „Einige Zeit her",
antworte ich. „Schule." „Schule" kommt nicht
gut bei ihm an, obwohl er sie gerade
abgeschlossen hat. Angespanntes Verhältnis.
Pippi Langstrumpf und Huckleberry Finn
waren auch keine Schulhelden. Sie wurden
trotzdem berühmt, wenn auch nur literarisch. Er
sagt das nicht, könnte sich aber auf sie berufen.

Was ich unterrichtete, will er wissen. „Ach so.
Nicht meine Fächer." Keine Begeisterung. „Ich
war eher für Mathe", informiert er mich.
„Meine Fächer waren auch nicht schlecht",
verteidige ich mich. „Kann sein", konstatiert er.
Ehrliche Haut nenne ich das.

Was ich jetzt ohne Schule mache, fragt er. Er
bleibt neugierig.
„Ich schreibe."
„Briefe?"
„Geschichten."
„Geschichten? Liest die jemand?"

„Ich lese vor."
„Können die nicht lesen, denen Sie vorlesen?"
„Wahrscheinlich schon. Aber sie hören gerne zu."
„Verstehe ich nicht, dass jemand zuhört, der lesen kann."
„Zuhören ist anders als lesen. Man merkt es sich anders. Man kann Fragen stellen, wenn man etwas nicht versteht. Beim Lesen ist das nicht möglich."

„Meine Oma hat auch vorgelesen", sagt er nach einer Pause. „Wenn sie vorlas, hat sie manchmal gelacht. Weiß ich noch. Vor allem bei den beiden, die Streiche spielten."
„Max und Moritz", ergänze ich. „Genau. Schade, dass wir gleich da sind, wo wir Sie hinbringen sollen."

Ich bin überrascht. Mein Gefühl für Zeit ist abhandengekommen. Lange kam mir die Fahrt nicht vor, wohl wegen Jimmy. Als der Wagen anhält, lese ich „Zahnklinik". „Da will ich nicht hin."

Jimmy und Henni wollen das auch nicht. Fehler

beim Navi. „Sorry", entschuldigt sich Henni. „Ich habe Klinik geschrieben." „Navi wusste nicht, welche", ergänze ich.
Ein paar Meter weiter sind wir am Ziel.

„Wenn wir Sie abholen, können Sie etwas vorlesen", überrascht mich Jimmy. Will er mich aufmuntern? Falsch liegt er nicht damit. „Auf Sie aufpassen muss ich dann nicht." Wieder der Therapeut.
„Was soll ich vorlesen?"
„Irgendetwas."
„Versprochen. Ich werde etwas schreiben."
„Über uns?"
„Über uns", bestätige ich.

Hallo, Jimmy. Hier ist unsere Geschichte. Soll ich sie vorlesen?

Herausforderung

„Mopp". „Most". „Mast". Der Therapie-Bogen wirkt nicht motivierend auf mich. Einsilbige Worte enthält er, die ich laut lesen soll. Die Logopädin will mit mir Stimmfunktionen erarbeiten, weil ich nach einem operativen Eingriff mit Stimmstörungen, Dysphonien, zu kämpfen habe. Der Klang der Stimme hat sich verändert

Meine Begeisterung hält sich in Grenzen. Ob Taubstummen-Unterricht ähnlich verläuft? Wie schadhafte Ware fühle ich mich. „Mopp". „Most". „Mast". Zum dritten Mal spitze ich den Mund und versuche das „o" vorne im Mund zu artikulieren und nicht irgendwo zwischen letztem Backenzahn und Zehenspitzen. Übungen zur Dynamisierung, Lockerung und Kräftigung der Stimme beginnen mit Mopp" und „Most". Wann ich mich mit der Logopädin wohl wieder in vertrauter Alltagssprache reden kann? Dauerbaustelle soll es nicht werden. Es sei zu früh, sich festzulegen, wehrt sie ab.

Herausforderungen und Potentiale entdecken

und annehmen, steht in der Werbebroschüre. „Mast", matt", „Markt". Schon folgt die nächste Herausforderung. Die Tonlage der eigenen Stimme richtig einschätzen. . Mein „a" klingt vermutlich wie „ach, du lieber Gott". Der fragende Blick der Therapeutin deutet an, dass ich mein Stimmpotential nicht ausgeschöpft habe. Die Schall-Schwingungen meiner Stimmbänder scheinen sich so anzuhören, als hätte ich drei Tage auf einem Truppenübungsplatz herumgebrüllt.

Die Therapie steht am Anfang. Geduld und Durchhaltevermögen sind gefragt. Ich vergleiche mich mit Sisyphos, der einen Felsblock den Berg hinaufschiebt, von dem dieser gleich wieder herunterrollt.

Die Logopädin, die meine Versuche kritisch verfolgt, hat verschiedene Optionen auf Lager, wie meine Stimme zu Klarheit und Reinheit zurückfindet und die Stimmbänder richtig zum Schwingen kommen. Nicht sie löst meine Stimmprobleme, sondern ich, unter ihrer Anleitung.

Ich muss die Atemtechnik verbessern. Nicht „Mast, matt, Markt", sondern „Mast" – „matt" – „Markt". Das ist kein Schnellsprech-Kurs. Das Sprechen soll gemächlich fließen wie ein Bach und nicht im hohen Tempo durch die Wiese rauschen, werde ich ermahnt. Die Vergleiche stammen vermutlich von einer Naturschutz-Ikone. Die Lernkurve ragt nicht steil nach oben, aber ich mache Fortschritte.

„Mehr Männermode". „Mit Marmelade". Fünf Silben werden mir zugetraut. Die Resonanz des Konsonanten soll ich spüren. Ob ein Baby deswegen zuerst „Mama" sagt? Der Rat, bei meinen Sprechversuchen daheim einen Weinkorken zwischen die Zähne zu klemmen, ist nichts für Babys. An Wein, Weib und Gesang hat die Logopädin auch nicht gedacht. Dennoch werde ich zuhause gern Weinflaschen entkorken, wenn ich mit Korken im Mund akzentuierter spreche. Den Weinkeller-Vorrat stocke ich auf.

Manches wird mir geschenkt, anderes muss ich mühsam erarbeiten. Ich nehme die Herausforderung an.

Patientenverfügung

Plötzlich steht Ihr Atem still, steht in der Broschüre. Motorradunfall. Herzinfarkt. Wer entscheidet dann, ob Sie dauerhaft beatmet werden sollen?

Muss ich das wissen? Müssen Sie wissen, steht in der Broschüre. Anderenfalls werden Sie beatmet – oder auch nicht, wenn niemand weiß, wie lange Sie noch atmen wollen. Ich mache mir Gedanken darüber, ob ich morgen weiße Socken anziehen soll. Aber muss ich darüber nachdenken, ob ich morgen weiteratmen will, wenn mein Atem still steht? Muss ich festlegen, wie lange ich atmen will, wenn ich nicht mehr atmen kann? Wofür haben wir Ärzte? Manchmal streiken sie. Irgendwann werden sie sich wieder mit dem Atmen beschäftigen.

Nein, sagt die Broschüre. Wenn ich nicht sagen kann, wie lange ich atmen will, muss ich das vorher verfügen. Ehe mein Atem aussetzt, soll ich festgelegt haben, ob er wieder in die Gänge kommen soll.

Patientenverfügung nennen sie das. Ich verfüge, wer über mich verfügen soll. Atem und Leben verlängernde Maßnahmen muss ich vorplanen, damit sie abrufbar sind. Würdelose Begleiterscheinungen könne es geben, wenn Atemverlängerung nicht geplant ist. Qualvoll könne ich Wochen oder Monate lang ohne Atem oder mit dauerndem Atem da liegen. Kein menschenwürdiges Ende sei das, kein selbst bestimmtes Atmen. Nur ein Ende. Das will ich nicht. Wahrscheinlich will ich gar kein Ende. Aber es kann sein, sagt die Broschüre. Daher soll ich für ein verfügtes und betreutes Ende sorgen.

Eine Person meines Vertrauens kann ich als Betreuer festlegen und einen Ergänzungs-Betreuer. Dann habe ich die Sicherheit, wie das mit der Atemverlängerung geregelt wird. Die Betreuer werden entscheiden, wie ich betreut werde – ob ich auf Zimmer 403 bis 437 beatmet werde, auf Zimmer 401 bis 402 nicht.

Ich war schon einmal wirklich krank und habe mich betreuen lassen vom Vertrauensarzt. Der hieß so, weil ich ihm vertraute. Ich habe mich getraut, mich betreuen zu lassen. Das ist jetzt nicht mehr so. Wahrscheinlich streiken deswegen die Ärzte. Vielleicht streiken sie auch, wenn sie erfahren, was ich verfügt habe. Vielleicht versorgen sie mich weiter, weil sie glauben, dass ich ihnen das zutraue. Am Ende überlebe ich, und es gibt kein Ende.

Ich werde alles daransetzen, das Atmen nicht zu vergessen. Dann muss ich auch nichts verfügen.

Ein Notfall

Er fühlte sich unwohl. Kein Mückenstich. Keine Bagatell-Beschwerden. 112 wählen. Wenn Nachbarn auf der gegenüber liegenden Straßenseite ein rotes Auto mit Blaulicht entdecken, muss Not an Mann oder Frau bestehen. Die nachbarliche Besorgnis hält sich in Grenzen; nicht alle haben die Notlage registriert.

Die Notfall-Station des Krankenhauses ist informiert. Instrumente, Kabel, Monitore, Messgeräte. Herumschwirrendes Personal in grünem Kittel-Dress empfängt den Not-Leidenden. Blutdruck-, Herzfrequenz-, Puls-Kontrolle. Überleben sichern. „Hören Sie mich?" „Verstehen Sie mich?" Der Patient reagiert. Er hat seine Zukunft nicht hinter sich.

Nächste Station: Notfall-Zimmer „Drei". Kein Selbstfindungs-Quartier. Sicherheitszone. Baumarkt-Behaglichkeit. Wenig Glanz in der Hütte. Plastik-Vorhänge markieren Zonen-Grenzen. Wer liegt nebenan? Sieht man nicht, hört man: „Sie können nicht aufstehen." „Sie müssen liegen bleiben." Der Patient, vielleicht Patientin, ist anderer Meinung, kann sich nicht mit Worten äußern. Es krächzt und rumpelt hinter der Plastik-Grenze. Jemand offenbart sein zerfetztes Äußeres oder Inneres. Oder seinen Lebenswillen. Im Notfall hängt alles mit allem zusammen.

Wie spät ist es? Keine Orientierung. Der Morgen sieht aus wie die Nacht. Zeitlose Versorgung. Schläuche, Kanülen, Sonden. Gedämpftes Licht. Undurchdringlicher Plastik-Vorhang. Der Patient ergibt sich in sein Schicksal. Die kurz vor krank gebuchte und bezahlte Reise muss storniert werden. Die Koffer sind gepackt, Zeitung und Post abbestellt. Nachbarn gießen die Blumen. Ob die Versicherung die Kosten erstattet? Nicht reisen war nicht eingeplant. Zukunftspläne erweisen sich als fragil.

„Heute Nacht müssen Sie bleiben. Vielleicht länger." Metaphysische Leere im Kopf. Kann man nicht planen, ohne Ausnahme-Situationen zu berücksichtigen? Vom Himmel träumen und in der Hölle landen?

Die Gedankenspiele werden unterbrochen durch Geräusche und Laute von nebenan. Jemand hinter dem Vorhang hat ein Bedürfnis. Sucht Frust ein Ventil, um Dampf abzulassen? Sucht ein verstümmeltes Leben, sucht eine arme Seele Zuspruch oder Ruh?

Nichts rührt sich. Kein Arzt. Keine Nachtschwester. Niemand. Seit einer gefühlten Ewigkeit nicht. Aus Sorge vor unergiebigem Aktionismus? Aus Sorge, etwas zu finden, was nicht gefunden werden darf? Muss ein Notleidender damit rechnen, vergessen zu werden wie ein Regenschirm? Ist er kein Notfall? Er bettelt nicht um Süßigkeiten, sondern um sein Leben. Geduld und Gelassenheit helfen nicht weiter.

Die Geräuschkulisse hinter dem Vorhang nimmt Sturmstärke an. Kein Burnout, sondern „Spiel mir das Lied vom Tod". Der Patient kann es nicht sagen, seine Willensbekundung nicht trommeln, um sich bemerkbar zu machen. Macht und Ohnmacht eines Machtlosen.

Irgendwann wird der Alarm-Zustand registriert. Vielleicht wurde er bemerkt, aber ein Notfall kommt selten allein. Handlungswillige, hilflose Helfer, die den Schwerhörigen spielen? Ihr Recht auf Gleichgültigkeit? Besteht Notfall-Hierarchie? Das Buch der Regeln hat viele Seiten. Es bleibt unberücksichtigt, wie stimmgewaltig eine Not in die Notfall-Nacht hinauskatapultiert wird. Alle haben wenig zu rechtfertigen und ein gutes Gewissen. Sie leiden nicht unter dem blinden Fleck der Wahrnehmung. Die Alles-richtig-Macher wehren sich gegen übliche Verdächtigungen. Sanktionen sind nicht vorgesehen.

Der Patient vor dem Vorhang leidet mit. Er leidet darunter, dass der Orkansturm hinter der Trennwand grenzenlos wird. Eigene Verletzbarkeit hat er unterschätzt. Vor Stunden fühlte er sich unwohl und wählte die 112. Für die jetzt empfundene Not müsste es eine Taste geben, die nicht vorgesehen ist.

Es kommt jemand. „Wo brennt es?" „Wer hat gerufen?" „Ich nicht." „Dann waren Sie es." Der oder die hinter dem Vorhang. Das

Bedürfnis kann nicht formuliert werden. Keine Kommunikation zwischen Fragendem und Antwortendem. Eine zweite, eine dritte Person kommt. Hin- und Her-Huschen. Irgendetwas geschieht. Die Geräusch-Kulisse anders als vorher. Nicht vom Patienten verursacht. Dann Stille.

„Gute Nacht." Das gilt dem Notfall-Patient vor dem Vorhang. Flüchtiges „Gute Nacht", so als sei der Patient ansteckend. Abschreckung statt Ermutigung. Dann eine Nachfrage: „Benötigen Sie etwas?" „Ruhe", möchte er antworten. Er sagt es nicht. Es gibt Anlässe, sich schlecht zu fühlen. Aus kleinem Unwohlsein entsteht großes. Bald wird alles so sein wie vorher. Wie in den Nächten vorher. Er sagt es nicht. Auch der Patient hinter dem Vorhang sagt nichts – nichts, was verstanden wird. Kurz darauf wird dieser ins Nachbarzimmer verlegt. Spät, nicht zu spät, murmelt der Notfall-Patient. Wem hilft es? Keiner sagt es.

Viele sind in dieser Nacht überfordert. Die Zeit der Sorglosigkeit ist vorbei. Alle spüren es. Alle wissen es. Niemand sagt es. Ein Notfall.

Keine Ruhmeshalle

Sie wurden in die Hall of Fame, Ruhmeshalle des Deutschen Sports, aufgenommen: Sportler und Sportlerinnen, Trainer und Funktionsträger, Betreuer und Mäzene, die ihren Erfolgswillen mit den Prinzipien des Sports in Einklang brachten. So steht es in der Widmung. Die Halle kann man nicht mit Füßen betreten, nur virtuell im Internet. Viele Gerühmte weilen noch unter den Lebenden. Andere sind tot. Ich gehe davon aus, dass alle die ihnen zuerkannte Ehre verdient haben.

Er wurde in der Kapuzinergruft beigesetzt. Nicht Ruhmeshalle, nicht Heldengalerie, sondern Kaisergruft der Habsburger: Kronprinz von Österreich-Ungarn. Königlicher Prinz von Ungarn und Böhmen, von Dalmatien, Kroatien, Slawonien, Galizien, Lodomerien und Illyrien. Großherzog von Toskana und Krakau. Herzog von Lothringen, Salzburg, Steyer, Kärnten, Krain und der Bukowina. Großfürst von Siebenbürgen. Herzog von Ober- und Niederschlesien, von Modena, Parma, Piacenza und Guastalla, von Auschwitz und Zator. Ältester

Sohn des ungarischen Königs und letzten
österreichischen Kaisers Karl I. und Zita von
Bourbon-Parma. Gestorben im Alter von 96
Jahren.

Otto Habsburg-Lothringen. Friedensstifter,
sagte der Kardinal. Kämpfer für Menschen-
rechte, lobte der Außenminister. Sein Einsatz
für Europa wurde gewürdigt. Otto der Letzte,
lästerten andere. Ein ehemaliger Weggefährte
nennt ihn „mein Freund Otto" wie den Nachbarn nebenan, wie den Skatbruder.

"Wer begehrt Einlass?" fragte der Kapuziner-
pater, als der Trauerzug mit dem Verstorbenen
den Eingang zur Gruft erreichte. „Prinz,
Herzog, Graf ", rief der Zeremonienmeister.
„Wir kennen ihn nicht." Die Antwort. Herkunft, Ehrungen, Leistungen zählen nicht.
Niemand tritt mit ererbten Titeln und Würden
vor Gott. Die Kapuzinergruft ist Ruhestätte,
nicht Ruhmeshalle.

Viele werden ihn aufsuchen in der Ruhestätte.
Er bleibt erinnerungs- und verehrungswürdig.

Der Ruhe-Hain

Er hatte sich die Ruhestätte gewünscht und vorgesorgt. Die Familie hatte seinem Wunsch entsprochen.

Der Weg durch den Wald ist unwegsam. Um ein naturbelassenes, idyllisches Waldareal handele es sich, steht im Prospekt. Das ebene Landschaftsbild mache das Waldstück gut begehbar. Ob der Verfasser sich davon überzeugt hat? Ob der Verstorbene den Weg vor seiner Erkrankung einmal selbst gegangen ist? Für ihn ist es jetzt der letzte Weg. War ihm zu Lebzeiten bewusst, dass diejenigen, die seine sterblichen Überreste begleiten würden, auch diesen Weg gehen müssten, wenn es auch nicht ihr letzter sein würde?

Wohin führt der Weg, der kein Waldspaziergang ist? Zu einem der vielen Bäume. Trost und Zuversicht sollen Bäume im Einklang mit dem ständigen Wandel der Natur den Angehörigen und Freunden des Verstorbenen spenden. Das steht im Prospekt. Ruhestätte als Ruhe-Biotop, Ruhe-Hain. Beitrag zum Umweltschutz.

Namensschilder sind an einigen Bäumen angebracht. Erinnerung an die Toten und Hinweis darauf, wessen Asche in biologisch abbaubarer Urne an den Wurzeln eines Baums beigesetzt wurde. Freundschaftsbäume, Partnerbäume, Gemeinschaftsbäume, Familienbäume, Um sie herum Urnengräber. Sie sollen eine Beziehung der ehemals Lebenden auch im Tod verdeutlichen.

Für den Pfarrer ist es nicht die erste Bestattung dieser Art. Diese versteht sich als Alternative zu anderen Bestattungsformen. Sie profitiert davon, dass bisherige Rituale an Bedeutung verlieren. Im „Komplettangebot Bestattung" sind alle Kosten einschließlich Sarg, Abholung, Einäscherung und Beisetzungs-Gebühren enthalten. Keine Folgekosten. Die Natur übernimmt die Grabpflege. Sie erspart Angehörigen Arbeit. Preiswerte Bestattung, preiswerte Entsorgung des Verstorbenen.

Ein ungefähr dreißig Zentimeter großes Erdloch vor einer Buche, mit Tannenzweigen bedeckt, deutet an, wo die Urne mit der Asche im Waldboden versenkt werden soll. Der

Pfarrer würdigt den Verstorbenen, berichtet Positives aus dessen Leben. „De mortuis nisi bene – über die Toten sagt man nur Gutes."

Welchen Eindruck das Geschehen und die örtlichen Gegebenheiten bei den Anwesenden hinterlässt, bleibt unbeantwortet. Ein CD-Player sorgt für musikalische Zwischentöne. Der Verstorbene wollte es, obwohl Musik hier grundsätzlich nicht erwünscht ist. Was zu sagen ist, sagt der Pfarrer mit einfühlsamen Worten. Was werden die Anwesenden sagen, wenn sie zu Hause sind?

Hundert Kilometer und mehr legten viele zurück, um an der Bestattung teilzunehmen. Der „Treffpunkt Parkplatz" ist mit öffentlichen Verkehrsmitteln nicht zu erreichen. Wer einen Baum mit der versenkten Urne bei widrigen Wetterbedingungen aufsuchen will, könnte Probleme haben. Die genaue Position von Baum und Urne wird kartographisch festgehalten. Mancher von denen, die Abschied vom Verstorbenen genommen haben, tut es für immer, auch wegen der Entfernung.

Die Urnen im Waldboden ruhen fern von dem Ort, wo der Verstorbene gelebt hat. Für Sinti und Roma, die an den Gräbern ein Sippentreffen veranstalten, undenkbar. Angehörige, die einen Blumenstrauß am Grab von Oma und Opa, am Grab des verstorbenen Vaters oder der tödlich verunglückten Mutter niederlegen wollen, treffen auf Probleme. Blumen und sonstiger Grabschmuck passen nicht ins Biotop.

„Tempora mutantur, nos et mutamur in illis - Die Zeiten ändern sich, und wir ändern uns mit ihnen." Der Wahlspruch eines fränkischen Kaisers sagt nicht, ob Änderung auch eine Verbesserung des Bestehenden bedeutet. Die alten Ägypter behandelten den Leichnam eines Verstorbenen so, dass er lange erhalten blieb. Als Mumie existierte er noch nach Tausenden von Jahren. Manche Mumien werden in Museen bewundert, vielleicht auch von denen, deren Asche im Waldboden verrottet.

Die Zeiten ändern sich.

Exit

„Ich gehe." „Bleib."
Exit. Die Liebste geht
„Verweile doch. Es ist so schön."
„Du liebst mich." Es war einmal
Sie kann nicht mehr. Sie will nicht mehr
Ewige Treue geschworen. Bis der Tod euch scheidet
Abschied ohne Wiederkehr
Angefangen. Aufgehört
Gekommen. Gegangen
Eingestiegen. Ausgestiegen
Exit. Ade. Scheiden tut weh

Dexit. Frexit. Grexit. Brexit
Exit für die feine englische Art
Klein-England. Statt Groß-Britannien
Range-Rover. James Bond. After-Eight
Alles muss raus
Bringen wir es hinter uns
Geist, der stets verneint
Gestern in, heute out
Vorwärts in die Vergangenheit
Gefangener von Volkes Stimme
Jeder für sich. Keiner für alle

Exit
Kurzzeit-Gedächtnis
Ermüdungserscheinungen
Auflösungserscheinungen
Gehen, wenn's am schönsten ist
Gehen, ehe der Abriss droht
Schluss mit Konventionen
Vergangenes war gestern
Keine unversehrte Hinterlassenschaft
Keine heile Welt
Abschied von der Ewigkeit
Sesshaftigkeit nicht das Maß aller Dinge

Kein Exit vom Exit?
Kein Neubeginn?
Kein neues Leben?
Keine neuen Träume?
Kein neuer Himmel?
Sieht man sich nicht zwei Mal im Leben?
Bleibt Exit ein Exit?
Abschied für immer?
Exitus?
Endgültig?
Ohne Wiederkehr?
Seht, ich mache alles neu, steht in der Bibel

Irgendein Simon

ich mische mich nicht ein
Proteste und Beten nutzlos
Ruhe empfahl mir der Arzt
außerdem hab ich Migräne

ich mische mich nicht ein
mich fragte keiner
Undank der Welt Lohn
lieber nicht die Finger verbrennen

ich mische mich nicht ein
sie nahm nicht die Pille
es musste so kommen
sie wusste es besser

ich mische mich nicht ein
morgen ist es wieder schön
die sind versichert
auch mir hilft niemand

damals:

irgendein Simon, zufällig auf dem Weg zur
Freundin, schleppte ihm das Kreuz

Wegekreuz

steht am Weg
steht im Weg
an meinem Weg
an deinem Weg
Wegekreuz
Kreuzweg

Du lieber Himmel

Das Mädchen besitzt einen kostbaren Schatz: Ein Kristall mit magischen Kräften. Der soll ihr zeigen, wo Laputa liegt, das sagenumwo-bene Schloss im Himmel. Unvorstellbaren Reichtum gebe es dort und eine geheimnisvolle Techno-logie. Mit deren Hilfe könne man die Welt beherrschen.

Der 1986 produzierte japanische Film „Das Schloss im Himmel" ist ein Abenteuerfilm für Kinder. Phantastische Dinge, unerwartete Freundschaften sind zu bestaunen. Der Film fasziniert. „Was ist Himmel?" „Wohin geht Himmelfahrt?" Die Frage beschäftigt auch mich. Für viele scheint festzustehen, wo „des Volkes wahrer Himmel" ist. Für mich nicht. „Himmel" kann ich nicht eindeutig bestimmen.

Als ich in China unterwegs war und in Peking auf dem Tian'anmen, dem „Platz des himmli-schen Friedens", stand, schien himmlischer Friede identisch zu sein mit Reichtum und parteipolitischer Macht. Dann sah ich Beter vor und in Buddha-Tempeln, in den immer noch existierenden christlichen Kirchen. Von unerwarteten Freundschaften erfuhr ich; von Menschen, die sich der Ein-Kind-Politik widersetzten. Erfahrungen, die ein Stück Himmel für mich bedeuteten.

Ach, du lieber Himmel, werden manche sagen. „Willst du den Himmel gewiss haben, tauge etwas für die Erde." Vielleicht ist das ein Satz, mit dem sie sich anfreunden können. Welchen Himmel wir auch ersehnen mögen – er hat mit der Erde zu tun. Von allem Irdischen gelöst, wird man nicht den Himmel erreichen. Wer mit dem irdischen Leben nichts anzufangen weiß, für den sind Himmel und Himmelfahrt nicht unbedingt erstrebenswert. Himmelfahrt: Das Leben hat horizontale und vertikale Dimensionen. Es sprengt Dimensionen, auf wir uns festgelegt haben und die wir uns zutrauen.

Die Suche nach dem sagenumwobenen Schloss entspricht menschlichem Verlangen. Um das Schloss oder den Himmel zu finden, muss man sich auf den Weg machen. Das erleben bzw. erleiden auch jene, die aufbrechen ins Unbekannte, unterwegs sind auf Dächern von Güterwagons, versteckt in Lastwagen, auf Wegen zu Wasser und zu Lande. Viele müssen ihre Sehnsüchte und Hoffnungen begraben. Um Chancen, die sie sich ausgerechnet haben, sehen sie sich betrogen. Diese fallen wie ein Soufflé in sich zusammen. Verzweiflungsranglisten werden von Tag zu Tag länger, weil die Fliehenden an Grenzzäunen landen.

Ersehnte himmlische Gefilde erreichen die meisten nicht. Anfangs erwartete sie die Ehrengarde von Bewunderern, die ihren Mut und ihre Risiko-Bereitschaft bestaunten. Jetzt finden sie sich in einem Himmel wieder, der ihnen in morbider Atmosphäre und lebens-feindlicher Realität begegnet. Sie zerschellen am ohrenbetäubenden Schweigen jener, die sich nicht gern ins Gewissen reden lassen, nicht zu rascher Empörung über das Schicksal anderer neigen und lieber auf das eigene Wohlergehen setzen.

Wie und wo ist der Himmel? Kommen alle in den Himmel, weil wir so brav sind, wie ein rheinisches Karnevalslied verheißt? Gilt „Vom Himmel hoch, da komm ich her. Ich bring euch eine gute Mär." nur für Auserwählte? Oder „Geht der Himmel über allen auf", wie es Wilhelm Willms und Peter Janssens in einem Lied zusagen?

„Ein Stück Himmel in der schwarzen Pfütze, ein Stück Hoffnung in der Not": Können Menschen vor dem Eingang zum Tunnel unter dem Ärmel-Kanal und an den vielen Grenzzäunen darauf bauen, was Hildegard Knef gesungen hat?

Du lieber Himmel, tu dich auf.

Ihr Muslime

Euer Gott ist groß
Sein Prophet mächtig
Eure Religion friedlich
Ohne Hass

Ihr lebt mit uns
Gehört zu uns
Brüder und Schwestern

Wir verstehen einander

Ihr betet und fastet
Helft Euren Nächsten
Verehrt heilige Stätten
Lasst Gewalt nicht zu

Gemeinsame Wurzeln
Euer Gott
Unser Gott
Sind eins

Das gilt immer

Das Leben ist schön, sagte Schwiegermutter

Der italienische Film „Das Leben ist schön" hat mich beeindruckt. Der jüdische Buchhändler Guido lebt glücklich mit seiner Frau Dora und Sohn Giosuè in der Toskana. Kurz vor Ende des Zweiten Weltkriegs werden sie ins KZ deportiert. Der Vater versucht, vor seinem Sohn die Grausamkeit des Krieges zu verbergen. Das Leben ist schön, selbst Gaskammern können das nicht ignorieren. "La vita è bella".

Einige werden sagen: Realitätsfremd. Andere: Glückwunsch zu solch einer Lebenseinstellung. Wer trotz der Abgründe in seinem Leben, trotz der Unzulänglichkeiten um sich herum dennoch Licht sieht, kann seinem Leben jenes Positive abgewinnen, das es immer noch gibt.

Meine Schwiegermutter schaffte das in besonderer Weise. Als sie fünfundneunzig Jahre alt wurde und längst im Rollstuhl saß, lud sie alle zu ihrem Geburtstag ein, die zum großen Familien-Clan gehörten, einschließlich aller Enkel und Urenkel. Unmöglich, was sie sich zumutete. Große und kleine Gäste erschienen.

Niemand hatte ihre Einladung ausgeschlagen. Jeder fühlte sich angenommen. Jeder akzeptierte sie. Alle liebten Oma. Auch den jüngsten Urenkel kannte sie beim Namen. Wenn einer latent, verborgen im Mutterschoß, anwesend war, fragte sie, wann der Geburtstermin anstehe.

Mein Leben war schön, sagte sie jedem, dessen Hände sie in die ihren nahm. Wie schön ihr Leben wirklich war, lässt sich nur ahnen. Zehn Geschwister hatte sie. Ihre Eltern besaßen eine kleine Ziegelei und betrieben zusätzlich eine bescheidene Dorfkneipe. Weil die Ehe der Patentante kinderlos blieb, wurde Schwiegermutter im Alter von vier Jahren von ihrer Tante adoptiert. Sie sollte Hoferbin werden. Nicht zu glauben, werden wir sagen. Ohne Recht auf Selbstbestimmung? Ein Kind der Familientradition opfern und gewachsene Bindungen zerreißen?

Mein Leben war schön, sagte Schwiegermutter. Sie nahm es an. Neun Kindern schenkte sie das Leben. Kurz vor einer Niederkunft legte sie für ein paar Tage die Heugabel aus der Hand.

Mutterschutz auf dem Bauernhof. Kein Sozialamt. Kein Anspruch auf Kindergarten-Platz. Sie erlebte die Hungersnot im Ersten Weltkrieg. Sie protestierte nicht gegen ihr Leben. Sie protestierte nicht gegen das Kinderkriegen.

Solche Erfahrungen hatte sie nicht ausgesucht. Wir sind wahrscheinlich fassungslos und fragen, warum sie sich das gefallen ließ und sich nicht gewehrt hat. Mein Leben war schön, würde sie sagen.

Wenn jemand anklopfte, durfte er eintreten und Platz nehmen. Wenn er gegangen war, konnte man ihrer Mimik und ihren wenigen Worten entnehmen, ob er willkommen blieb. In der Regel stand ihre Tür offen.

Das Leben ist schön. Die Hoffnung und die Zuversicht, dass sich das Leben lohnt, dürfen nicht sterben. Aber man muss das Leben zunächst zulassen. Dann kann es trotz mancher Dunkelheit schön werden – nicht immer, aber an vielen Tagen.

Wenn man unterwegs ist

Donau heiße ich

Dunărea, Dunav, Duna, Donau nennt man mich. Deutsch und rumänisch, bulgarisch und serbisch, kroatisch und ungarisch bin ich. Reizend und lieblich, manchmal wilde Schöne. Weiblich bin ich, eine Frau. Dass ein Mann, ein Flussgott, an meiner Wiege stand, erschreckt mich nicht. Ehe er kam, war ich da. An meiner Quelle saß kein Knabe.

Zwei jungfräulich weibliche Wesen fördern mich zu Tage. „Brigach und Breg bringen die Donau zu Weg". „Hier entspringt der Hauptquellfluss der Donau", behaupten einige. Sie zwängen mich in ein Steinbecken und wollen über mich verfügen. „Hier entspringt die Donau", sagen andere und meinen Rinnsale auf der Wiese.

Woher ich komme, wohin ich gehe? Ich antworte nicht und hüte mein Geheimnis. Von mehreren Eltern stamme ich ab. Ich öffne mich, werde Bach, Fluss, Strom. Ich kreuze auf, ändere meinen Lauf und meine Meinung. Ich lasse mir Zeit. Nirgendwo halte ich mich lange auf.

Wer will, kann sich meinem Lauf anschließen. Ich nehme jeden auf, der mit mir auf die Reise gehen will. Iller und Lech, Isar und Inn fließen rechts zu mir hin. Als sie Ansprüche stellen, mir meinen Namen streitig machen wollten, zeigte ich ihnen die nasse Schulter. Ich bin die Donau, habe ich gesagt. Eure Wasser sind meine Wasser.

Dann pirschen sich Gewässer von der anderen Seite heran. Altmühl, Naab und Regen kommen mir von links entgegen. Mein Bett teile ich mit ihnen; denn ich lege Wert auf gute Gemeinschaft. Zum mächtigen Strom wachsen wir an, fließen vereint zum weit entfernten Ziel. Dort wird nicht Ende sein, sondern Neubeginn im großen Meer.

Die blaue Farbe des Himmels spiegelt sich in mir. Sie lässt mich zur schönen blauen Donau werden, zum Donauwalzer. Vergangenheit, Gegenwart und Zukunft bin ich. Silbernes

Band. Segen spendender. Völker verbindender Strom. Ich trenne und verbinde Völker und Staaten.

Mal fließe ich breit dahin, durchquere Landschaften und Ebenen. Mal bin ich Gebirgs- oder Tieflandfluss. Mal unterspüle und umspüle ich Bäume und Inseln, überschwemme Wälder. Gefräßig und unvorhersehbar bin ich, nicht berechenbar. Menschen nehmen meine Launen gelassen. Sie bauen Hütten und Häuser an meinen Ufern. Ich bin mit ihnen auf dem Weg, mit Lebenden und Toten.

Legenden ranken sich um mich. Märchen, Sagen und Kulturen, Lebensentwürfe und Religionen treffen sich an meinem Weg. Sie fordern auf zu Toleranz und Verständnis. Brücke bin ich, Vermittlerin und Versöhnerin zwischen Ost und West. Völker verbinde ich, die sich kennen und doch einander fremd sind.

Ich fühle mich geschmeichelt, wenn Schiffe sich von mir tragen lassen. Gäste sind sie auf meinem Rücken. Ich flüstere ihnen zu: Überlasst euch der Strömung, die euch fort trägt und irgendwo ans Ufer führt. Lasst euch treiben von meinen Wellen. Nehmt euch Zeit auf dem Weg zum Ziel. Entdeckt euren langen Atem. Flieht nicht davon. Nur eine gemächliche Reise ist eine Reise.

Keine Reise ist ohne Klippen. Nur dann erreicht ihr das Ziel, wenn ihr die Klippen kennt und sie bezwingt. Nikolaus, der Schutzpatron der Seefahrer, wird euch behüten, wenn ihr euch ihm anvertraut. Er lässt euch sicher wieder heimkehren.

Fluss im Überfluss

Seit Tagen regnete es. Endlos. Der große Fluss bedankte sich und spielte mit den Fluten, die ihm von anderen Flüssen, von kleinen und großen Bächen zugeführt wurden. Der Fluss fühlte sich in seinem Element. Er berauschte sich an sich selbst. Man sah ihm an, dass er zum Strom werden wollte. Die Flusskreuzfahrt schickte sich an, Stromkreuzfahrt zu werden.

Die Mitreisenden nahmen es gelassen hin – zunächst. Regen-Wald hatten sie nicht gebucht. Kein Grund, in Panik zu geraten. So viel Wasser hat ein Fluss nicht alle Tage, auch nicht, wenn der Fluss zum Strom wird. Man ergötzte sich am nassen Schauspiel. Der Fluss seufzte. Er tat sich schwer, die anschwellenden Wassermassen zu bändigen. Er floss über. Fluss im Überfluss. Noch bestand kein Anlass zur Sorge. Ich kann schwimmen. Als ich tauchen lernen sollte, tauchten Probleme auf. Ich bin keine wirkliche Wasserratte. Jeder könne es lernen, ermutigte mich der Bademeister. Ich müsse nur wollen. Ich wollte, aber es reichte nicht. Ob mir das zum Verhängnis würde?

Dann die Nachricht, die Garage melde Land unter. Nicht meine Autogarage daheim. Mit dem Auto war ich zum Schiffsanleger gefahren und hatte es der großen Garage anvertraut. Mein Beschützerinstinkt sagte mir, dass es gut aufgehoben war. Garagen sind unverfügbare Zonen – vor Wasser gesichert, gegen Wasser versichert. Dass sich Ströme fließenden Wassers der Garage bemächtigen konnten – undenkbar. Realitätsverweigerung, wie sich herausstellte. Die Garage musste geräumt werden. Sie war zum Garagensee geworden. Um die Seetüchtigkeit der Karossen nicht über Gebühr zu testen, mussten sie ins Freie bugsiert werden. Die Wagenschlüssel hatten die Besitzer vor Ort deponiert.

Wo war mein Schlüssel? Im Safe auf der Kabine. Vorschrift. Dort war er sicher. Wertgegenstand, sagt die Versicherung. Daher musste ich mich nicht entmutigen lassen.

Mein Auto könne nicht aus der Garage geholt werden, hieß es jetzt. Ohne Schlüssel müsse es dort bleiben. Ich müsse den Schlüssel bringen, sonst könne es zu Komplikationen kommen.

Mein Auto werde führerlos durch die Garage schwimmen. Platz habe es reichlich, weil es den Garagensee für sich allein nutzen könne. Es war nicht das größte Übel auf Erden, aber ein Übel.

Wie konnte ich meines Autos habhaft werden? Hinschwimmen? Meine Schwimm- und Tauchkünste sind begrenzt. Gute Schwimmer kennen beide Ufer eines Flusses, aber muss man ein schwimmendes Auto besteigen können? Wie ich ein in den Fluten treibendes Auto fahrbereit machen konnte, überforderte mein Denkvermögen. Die Thematik war in der Fahrschule nicht behandelt worden. Wenn doch, war es zu lange her, als dass ich mich erinnerte. War ich verurteilt zu ambitionslosem Nichtstun? Musste ich warten, bis sich der See dahin zurückzog, von wo er kam? Das Gedanken-Karussell drehte sich.

Auf Nikolaus, den Schutzpatron der Seefahrer, setzte ich meine Zuversicht. Schlimmst-Mögliches würde nicht eintreten. Glauben versetzt Berge. Ob das auch galt für überflutete Autogaragen? Ich glaubte, dass mein Auto ohne

Schlüssel den Weg ins Freie finden würde. Ich wusste nicht wie, aber ich glaubte. Zwischen glauben und nicht glauben lagen Wasser-Wüsten. Wer Schweres bewältigen will, sagt Berthold Brecht, muss es leicht angehen.

Mein Auto habe ich wiedergefunden. Über seine weitere Verwendung habe ich noch nicht entschieden.

Fragen Sie den Katalog

Nebelschwaden liegen über dem Fluss. Hatte die Wettervorhersage nicht anderes behauptet? Das stehe im Katalog, belehrte mich einer der freundlichen dienstbaren Geister an der Rezeption. In der Frühe sei es manchmal neblig. Warum ich so früh aufgestanden sei. Musste ich antworten? Darf ich nicht aufstehen, wann ich will? Wo ist der Katalog? Zu Hause in der Schublade. Niemand hat mir gesagt, ich müsse den Katalog befragen, um zu erfahren, wie das Wetter wird.

Der Nebel fließt kunstvoll über den Fluss. Auch das sei im Katalog nachzulesen. Künstler habe ich an Bord nicht entdeckt. Dass der Nebel fließt und sich auflöst, davon ist auch nichts zu entdecken. Im Gegenteil. Als ich nachschaue, wie weit er geflossen ist, ist er immer noch da. Dickflüssig, nicht davon fließend. Wer schreibt die Kataloge?

Seit einer Stunde liegt unser Schiff hinter dem Schlepper fest, der die Sandbank im Fluss übersehen hat. Auch ein Künstler, der Sand nicht von Wasser unterscheidet. Ich will nicht wissen, ob das auch im Katalog steht. Die Sonne wirft ihr wärmendes Licht über das dahingleitende Schiff. Soll auf Seite sechzehn stehen. Ob der Schreiber nie mit einem Schiff gefahren ist? Wahrscheinlich nur im Heißluftballon. Unser Schiff ruht; es gleitet nicht. Fest gemauert in der Erde; mitten in der Donau. Auch der Nebel ruht. Seit wann, weiß der an der Rezeption nicht. Wahrnehmung bewege sich manchmal an der Grenze der Wirklichkeit, weiß der Katalog. So handelt auch der an der Rezeption.

Wann lösen sich die Nebelschwaden auf? Kann der Fluss nicht schneller fließen und den Nebel hinter sich lassen? Dem Kapitän werde ich das sagen. Auf der Kommandobrücke sehe ich ihn sagen. Das Schiff fährt ja nicht. Wo ist er? Beim Frühstück. Er kann sich Zeit nehmen, da wir nicht fahren. Die Sandbank tut es auch. Der Kapitän könnte sich um einen neuen Katalog kümmern und sich erkundigen, wann der Nebel sich auflöst.

Weihnachten will ich zu Hause sein.

Kopflos

Wenn ich eine Reise plane, handle ich manchmal kopflos, behauptet mein Kopf. Zwar nehme ich ihn mit, aber nicht immer befolge ich seinen Rat oder berücksichtige nicht den Horizont, den er eingegrenzt hat. Ich soll nicht über das Ziel hinausschießen.

Neulich warnte er mich davor, mich auf eine Reise einzulassen. Ich hörte und überhörte. „Denkst du an die Strapazen, die auf dich zukommen? Das Kopfsteinpflaster in den schmalen, unebenen Gassen mit dem starken Gefälle werden dir Schwierigkeiten bereiten."

Nein, daran hatte ich nicht gedacht. Ich würde achtgeben, zur Not die letzten Kräfte mobilisieren, die mir zur Verfügung stünden. Wenn es darauf ankommt, wachsen mir Flügel. „Ikarus hat das auch gesagt, als er mit seinem Vater den Himmel erkundete." Wieder eine Ermahnung. „Seine Flügel trugen ihn hoch hinaus, so hoch, dass er der Sonne zu nahe kam. Wie die Geschichte ausging, weißt du."

Wer nichts wagt, ist nicht bei den Gewinnern. Das sagte ich nicht, dachte es aber. Warum etwas problematisieren, wenn Probleme nicht in Sicht waren? Reisen gehören zu meinem Leben, nicht Probleme.

„Hast du von dem Schwefelgeruch gehört, der vielen zu schaffen macht, die auf die Insel kommen? Wenn du ein Schlammbad nimmst, setzt sich der Schwefelgeruch auf der Haut fest. Willst du das?" Ich schwieg. Zu meinem Verdruss muss ich gestehen, dass mir die Argumente ausgingen, um zu antworten.

Ich registrierte die Mahnungen und Bedenken. Aber sollte der Kopf die Maxime meines Handelns bestimmen? Ich wehrte mich dagegen und reiste. Gefahren waren nicht zu bestehen; davon war ich überzeugt. Waghalsigen Unternehmungen würde ich aus dem Weg gehen. Hatte mein Kopf nicht übertrieben und vor Unwägbarem gewarnt, wo es nichts zu warnen gab?

Ich weiß es nicht; aber ich schließe nicht aus, dass ich seine Mahnungen mit auf die Reise genommen habe. Von Gefahren und widrigen Umständen blieb ich verschont. Ich war nicht ohne Kopf unterwegs, kopflos habe ich nicht gehandelt. Möge mein Kopf es registrieren und sich bei der nächsten Reise daran erinnern.

Vom Zauber der Ereignislosigkeit

„Buchen Sie vorab Ihre Lieblingsausflüge und reservieren Sie online. Wir haben das Ausflugprogramm speziell für Sie zusammengestellt. Über das Absenden des Formulars wird Ihre Reservierung an Bord vorgemerkt."

Gestern hatte ich mich entschlossen, den dreitausend Kilometer langen Strom per Schiff zu erkunden, ihn zu er fahren. Heute werde ich aufgefordert, Schiff und Strom zu verlassen und an Land zu gehen. Es gebe dort viel zu sehen. Liegt das Schöne am Fluss neben dem Fluss? Ist es an Land so reizvoll, dass der Strom sich nicht mit ihm messen kann?

Ich hätte eine Schiffsreise buchen können, die Kuriositäten versprach: Vergnügungspark auf dem Sonnendeck. Eine Wellness-Landschaft für hohe Ansprüche. Bungee- und Luft-Sprünge per Fallschirm. Ich verzichtete auf Luftsprünge und sonstige Abnormitäten, auch wenn Verzicht ein Begriff aus vergangenen Zeiten ist. Stattdessen buchte ich eine Reise auf dem Fluss.

Jetzt werde ich animiert: „Beim Rundgang sehen Sie das Militärmuseum. Es beherbergt Erinnerungsstücke an vergangene Kriege." Über ehemalige und gegenwärtige Kriege halten mich Medien auf dem Laufenden. Kriege gehören ins Museum. Warum soll ich sie besichtigen? Den Fluss will ich sehen, ihn erleben. Mich treibt nichts ins Museum.

Vom Zauber der Ereignislosigkeit will ich mich einfangen lassen, statt Zwängen des Massenbetriebs zu folgen und mich in seinem Dickicht zu verzetteln. Es gibt mehr zu sehen, als ich Augen habe. Also verzichte ich und trotze dem Anspruch, zu sehen und gesehen zu werden.

Den Luxus des Stillstands gönne ich mir. Muss ich der Erste sein, der vertraut gewordenes Gelände verlässt und von Bord geht? Ich bin nicht hier, um mich zu zerstreuen. Vielmehr mache ich es mir im Liegestuhl bequem, überlasse mich der vorübergehenden Zeit, dem Fluss und dem Himmel. Ich schließe die Augen und gebe mich meinen Visionen hin.

In seinem Buch „Die Verwandlung der Welt"

berichtet Jürgen Osterhammel von einem buddhistischen Mönch auf dem Weg zu einem Heiligtum. „Da er sich alle drei Schritte zu Boden warf, benötigte er für anderthalbtausend Kilometer zwei Jahre." So lange dauert die Reise nicht. Aber der Engel der Gelassenheit wird mich inspirieren, auf das zu hören und das zu tun, was mir wichtig erscheint. Habe ich kein Recht, Prioritäten zu setzen und Geheimtipps außer Acht zu lassen? Ist das auf diesem Schiff unerwünscht und verboten?

„Wenn Sie bis 18 Uhr gebucht haben, können wir Ihnen einen Platz für die Besichtigung des Nationaltheaters und der alten Stadtwaage reservieren." Wollte ich die geschichtsträchtigen Orte besuchen? Wer kennt meine Reisepläne, von denen ich selbst nichts weiß? Eine alte Waage steht bei mir im Keller. Ich habe sie lange nicht benutzt. Mag sein, dass die Stadtwaage nach anderen Prinzipien funktioniert und für größere Gegenstände konstruiert wurde als meine Haushaltswaage. Mag sein, dass ich mir die Stadtwaage ansehe, wenn ich in der Nähe bin und Warteschlangen mir nicht die Sicht versperren. .

„Unser Halt wird mitten im Stadtzentrum sein, von wo aus wir zu Fuß die alte Römerstraße erkunden, in der sich Läden und Kunstgalerien befinden. Auf dem Flohmarkt entdecken Sie allerlei Schätze." Obwohl ich keine Doppelkabine gebucht habe, ist von „wir" die Rede. Ein Missverständnis. Schön, dass es Läden, Galerien und sonstige Einkaufsmöglichkeiten gibt. Sie versetzen mich nicht in Kaufrausch. Jetzt und sofort entscheide ich mich für nichts. Ich werde mich deswegen nicht um verlorene Urlaubstage betrogen sehen.

Muss ich mich verplanen lassen und etwas unternehmen, wenn es mir auf dem Schiff gefällt? Ist es ein Nachteil, ohne ruhelosen Erlebnishunger zu sein und nichts zu tun? Nichts tun ist nutzlos? Gilt für mich nicht. Angst vor Pausen auch nicht. Pausen schaffen Raum für Kreativität.

Es mag Leute unruhig machen, die Hände in den Schoß zu legen, statt die Unterhaltungs-Maschinerie in Gang zu setzen. Es mag Reisende im dauernden Ausnahme-Zustand geben, die keine Minute ungenutzt verstreichen lassen. Es mag jemand seine Schmerzgrenze testen, wenn er, aus dem Fenster seiner Schiffs-Kabine blickend, nur das Ufer vorbeiziehen sieht. Es mag Frustration auslösen, nur darauf zu warten, dass die Sonne untergeht und der Mond sich am Himmel zeigt. Auf mich wirkt das entspannend. Wenn Mitreisende deswegen an meiner Zurechnungsfähigkeit zweifeln, verwirrt mich das nicht.

„Am Abend besuchen wir eine Folklore-Veranstaltung. Bei einem Glas Wein erleben wir temperamentvolle Tänze aus verschiedenen Ländern." Ich hasse Vorabend-Treffs und Vorabend-Serien. Temperamentvolle Tänze bringen mich aus der Fassung. Ich werde schlafen gehen. Nichts tun macht mich müde, wohltuend müde.

Auch die Bus-Tour zum Burgberg mache ich nicht mit. „Auf dem Burggelände haben Sie Gelegenheit auszusteigen. Beim Fotostopp blicken Sie von der hoch über dem Fluss gelegenen Aussichtsterrasse auf die malerische Altstadt." Durch die Altstadt gehe ich zu Fuß. Warum soll ich sie mir aus großer Höhe anschauen? Unten und mittendrin bin ich ihr viel näher.

Vielleicht bleibe ich auf dem Schiff. Ich bin nicht auf Schnäppchen-Tour und muss nicht überall gewesen sein. Ich habe keine Springprozession gebucht, die mich von einem Ort zum anderen hüpfen lässt. Ich verweigere mich unentwegter Verfügbarkeit. Meine eigene Wahrnehmungs-Kompetenz werde ich mir nicht nehmen lassen. Die Hälfte kann mehr sein als das Ganze, hat der griechische Dichter Hesiod vor dreitausend Jahren gesagt. Ich weiß nicht, woher er das wusste. Für mich ist es eine Aufforderung zum Faulsein. Der Mann ist mir sympathisch.

Wahrscheinlich werde ich nicht die Hälfte von dem sehen, was ich besichtigen soll. Muss ich das Schiff doch noch vorzeitig verlassen?

Kleiderordnung

was zieh' ich heut' zum Essen an
das fragt sich Frau und fragt sich Mann
im Sakko fühlt er sich beengt
sein Hemd noch auf der Leine hängt
sie möchte gern normal sich kleiden
nicht unter Kleiderzwängen leiden
bei Tisch wird sie nicht rausgepickt
zum Kleiderschrank zurück geschickt

zu leger tut ihr nicht gut
für allzu frei fehlt ihr der Mut
denn allzu frei ist hier verboten
vielleicht erhält man schlechte Noten
säße man lässig wie am Pool
im Restaurant auf seinem Stuhl
man soll in Ruhe trinken, kauen
und nicht des Nachbarn Fleisch beschauen

er steht indessen vor dem Spind
und fragt sich, wo die Socken sind
wo hat er gestern sie gelassen
sie müssen jetzt zum Anzug passen
ob dieses edle Stück noch passt?
die Pfunde wurden ihm zur Last

zehn Kilo hat er zugenommen
und weiß nicht, wo sie hergekommen

die Frau ist mutig und auch keck
sie lässt, was einengt, einfach weg
es wabbelt zwar an vielen Stellen
doch sie verdeckt's in manchen Fällen
das Kleid war früher sehr modern
sie trägt's noch immer, trägt es gern
ein neues Kleid, so denkt sie weise
das braucht sie nicht auf dieser Reise

ihr Kleid, sein Sakko, zeitlos chic
sie haben dafür einen Blick
sich wohl zu fühlen: ihre Pflicht
wem's nicht gefällt, sie kümmert's nicht
sie haben hier nichts zu verlieren
sie wollen hier nicht kokettieren
die nächste Reise kommt schon bald
ihr Kleid, sein Sakko: nicht zu alt

VIP Hurra

Dass es Reisende gibt, denen besondere Privilegien zustehen, wusste ich nicht, als ich buchte. Mit Leuten am Tisch zu sitzen, deren außergewöhnlicher Status ihnen besondere persönliche und gesellschaftliche Bedeutung verlieh und Rechte auf bevorzugte Behandlung einräumte, hätte mich neugierig gemacht. Ich hatte eine Schiffskabine auf Deck „Zwei" gebucht, ohne zu wissen, dass auf Deck „Drei" Reisende logierten, denen ein Service zustand wie Staatsoberhäuptern oder sonstigen hochgestellten und vermögenden Personen.

Meine Tischnachbarn ließen sich nicht anmerken, dass sie auf „Drei" logierten. Sie sahen nicht danach aus, als seien sie der personifizierte Superlativ Schiffsreisender. Ich erfuhr von ihrem besonderen Status, als sich die Reise dem Ende zuneigte. Wir redeten über Gott und die Welt und ließen in unterschiedlicher Weise Einblicke ins Privatleben zu. Gegenseitiger Respekt nährte den Wunsch, mehr voneinander zu erfahren. Geneinsamkeits-Bewusstsein entwickelte sich. Dass sich jemand als

Staatsoberhaupt oder Arbeitgeber-Präsident outen würde, war nicht zu erwarten. Persönlichkeiten solchen Grades hätten mich nicht als Tischnachbar geduldet.

Dann die Ankündigung im Tagesprogramm: „Zur freundlichen Beachtung: Ab 17.45 Uhr ist die linke Seite des Salons für eine geschlossene Gesellschaft reserviert. VIP-Cocktail. Bitte bringen Sie ihre persönliche Einladung mit."

Ich hatte keine besondere Einladung erhalten. Der Blick in die Tischrunde bestätigte: Die Tischnachbarn gehörten dazu. Sie hatten die „Drei" gebucht. Deck Drei war „very important persons" vorbehalten. VIP. Ich war nicht „very important", zumindest hatte mir das niemand attestiert. Wenn es so einfach war, mit der richtigen Wahl des Schiffsdecks zum Kreis auserwählter Personen zu gehören und zum VIP-Cocktail geladen zu werden, hätte ich es mir vielleicht überlegt.

Ich bedauerte nicht mein Versäumnis. Dennoch interessierte mich, was so außergewöhnlich an einer VIP-Cocktail-Einladung ist. Die linke

Salon-Seite des Schiffes war reserviert. Ich ließ mir also einen Platz auf der anderen Seite zuweisen. Meiner Phantasie freien Lauf lassend, stellte ich mir den Einmarsch der Cocktail-Aspiranten vor. Da die Wortschöpfung der englischen Sprache entstammt, war es denkbar, dass – cock und tail sei Dank – die Teilnehmer mit Hahnen-Schwänzen erschienen. Fanden auf der linken Seite des Salons Hahnen-kämpfe statt, bei denen die stolzesten VIP-Hähne die unterwürfigsten VIP-Hennen zu erobern suchten?

Neugierig wartete ich auf das Defilee der Kellner, die, Lachs- und Kaviar-Sandwiches auf silbernen Tabletts jonglierend, durch die VIP-Reihen wandeln würden. Gedämpftes Plaudern der VIP-Geladenen würde dem Ganzen einen Hauch von Exklusivität und einen quasi liturgischen Rahmen verleihen.

Nichts von all dem. Nach und nach trudelten sie ein. Nicht mit bunten Hahnenfedern, nicht in Helden-Uniform. Reisende, Mitreisende, Tischnachbarn suchten sich einen Platz zur Linken im Salon. Der Kapitän ließ es sich nicht nehmen, die nicht sonderlich erlaucht aussehende Schar willkommen zu heißen. Er wusste, welche Komplimente die Leute hören wollten. Er schien geübt zu sein in solchen Auftritten.

Ich hatte VIP-konforme, extravagante Garderobe bei den Gästen erwartet. Fehlanzeige. Dass sich der Kapitän der Formulierungen seines Standard-Begrüßungsprogramms und Standardvokabulars bediente, verlieh ihm Sicherheit und verhieß ihm Gelingen-Garantie. Dass sich Kapitän und VIP-Würdige mit einem Glas Sekt zuprosteten, kam mir ebenfalls bekannt vor. Häppchen wurden gereicht; ob mit Lachs und Kaviar belegt, war von meinem Platz nicht auszumachen. An internationalen Maßstäben schien man die Häppchen nicht messen zu dürfen. Dass die linke Salonseite ein exklusives Ambiente bot, konnte ich ebenfalls nicht bestätigen.

Man sei dankbar für das Vertrauen, das die Anwesenden mit ihrer Buchung dem Reiseunternehmen entgegen gebracht hätten, sagte die Reiseleiterin mit gehobener Stimme. Dass ich, auf der anderen Salonseite sitzend, auch gebucht und dem Veranstalter vertraut hatte, erwähnte sie nicht. Sie habe, fuhr sie fort, eine Überraschung für die very important Geladenen bereit: Bei der nächsten Reise würden sie automatisch auf Deck „Drei" gebucht und könnten am VIP-Cocktail teilnehmen. VIP-Hurra.

Warum war ich nicht eingeladen worden? Ich wusste es nicht. Versäumt hatte ich nichts. Die „Drei" würde ich nicht buchen, wenn ich eine Reise planen sollte. Das Deck würde ich „very important persons" überlassen bzw. denen, die sich dafür halten.

Meine Tischnachbarn sind mir immer noch sympathisch.

Leichte Brise

Gestern war der Fluss spiegelglatt. Kein Lüftchen regte sich. Heute ist es anders. Das Wasser bewegt sich, nicht übermäßig, nicht stürmisch. Es ist nicht in Aufruhr, zeigt keine weißen Schaumflecken, bildet keine Wellenberge. Aber es regt sich.

„Gestern war das Wetter besser", sagt der Herr am Nebentisch. Ob er das mir oder sich sagt, kann ich nicht beurteilen. Den ganzen Tag habe er im Liegestuhl auf dem Sonnendeck gelegen. „Heute ist das vorbei." Der Tonfall seiner Stimme verrät, dass sich seine Begeisterung über die Wetterlage in Grenzen hält.

Jetzt registriert er, dass seine Unmutsäußerung zu mir herüber geschwappt ist. Er scheint zu erwarten, dass ich ihm beipflichte. Er sucht Verbündete. Aber ich reagiere nicht – jedenfalls nicht, wie von ihm erhofft. Stattdessen Wortstille. Keine Schaumkronen. Keine Wortberge.

Mein Unmut-Nachbar hält mich wahrscheinlich für taubstumm. Der sich regende Fluss und die leichte Brise können einen nicht unbewegt lassen. An Land rascheln die Blätter an den Bäumen, dünne Zweige bewegen sich. Bewegung gebiert Regung. Auch ich habe mich zu regen.

Aber wir sind nicht an Land, sondern auf dem Fluss. Muss etwas überall gelten, was an einer bestimmten Stelle auf dem Globus geschieht? Muss jeder Wind Gegenwind erzeugen? Können Winde nicht verebben?

Der Herr am Nebentisch versteht mich nicht. Er sagt es nicht, aber er deutet es an: Eine leichte Brise umspielt seine Mundwinkel. Ob sie schäumend, bedrohlich wird? Nein, sie entwickelt sich spielerisch. Sie bleibt es und verebbt.

Auf der Wasseroberfläche kann sich die Brise nicht entscheiden, ob sie Brise bleibt oder nicht. Am Nebentisch hat sie sich entschieden: Für Windstille.

Am Niederrhein

„Wer Phantasie studieren möchte, sollte ein paar Semester an den Niederrhein kommen." Hanns Dieter Hüsch, geborener Niederrheiner, hat das angeregt. Auch mir sind die „Niederrheiner" sympathisch. Völkerwanderungen haben ihnen im Lauf der Jahrhunderte nach Hüsch ein „internationales Gemüt" beschert. Der Horizont am Niederrhein ist weit, nicht nur landschaftlich gesehen. Er regt die Phantasie an. Weder Berge, noch Burgen, noch Schlösser lenken den Blick des Betrachters ab. Es ist der dahin eilende Strom, der dazu motiviert, sich auf ihn einzulassen und seine Lebendigkeit zu erleben.

Wenn der römische Historiker Tacitus zu Recht behauptet, Odysseus sei auf seiner Irrfahrt auch an den Niederrhein verschlagen worden, dürften wir uns an einem besonderen Stück Weltkulturerbe erfreuen. Wichtig für den Niederrhein sind die Menschen, die in den Dörfern und Städten ihren Alltag bestreiten. Menschen, die auf Frachtschiffen rheinaufwärts und -abwärts Waren transportieren. Jedes dritte fertiggestellte Auto wird auf dem Rhein transportiert.

Menschen wohnen hier, die einen Hang zum Pragmatismus haben. In Rheinhausen schlug das Herz der deutschen Stahl-Industrie. Dann kam das Aus für den Stahl. Die Niederrheiner haben es verkrafte, so bitter es für Betroffene war. In Kalkar entstand dank ähnlich pragmatischem Verhalten aus einem geplanten Atomkraftwerk ein Vergnügungspark.

Niederrheiner sind Menschen, die über und unter Tage Voraussetzungen schaffen, dass es sich wirtschaftlich lohnt, hier zu leben. Menschen, denen müßiggängerische Zeitgenossen nicht sympathisch sind. Menschen, die Freunde unterstützen und Bedürftige nicht abweisen. Menschen, die Hoffnungen und Bedürfnisse haben und eigene Überzeugungen nicht über Bord werfen. Gläubige Menschen, die nicht immer Gottes lammfromme und allzeit ergebene Diener sind.

„Die Bewohner am Niederrhein haben sich einen Hang zu Freude und Lebensgenuss erhalten", schreibt der rheinische Schriftsteller Herbert Eulenberg. Im „Paris des Westens", in Düsseldorf, der Kunst-, Messe- und Ausstellungsstadt, befindet sich im Herzen der Stadt, der Altstadt, die „längste Theke der Welt". Niemand klagt hier über eine angebliche Ausweglosigkeit des Lebens. Wenn Hanns Dieter Hüschs Vermutung stimmt, der liebe Gott gehe von Zeit zu Zeit am Niederrhein spazieren, bestätigt das umso mehr: Der Niederrhein und seine Menschen sind in besonderer Weise liebenswert.

Niederrheiner betonen ihre Einzigartigkeit. Sie halten es für selbstverständlich, für etwas gelobt zu werden, für das andere verachtet werden. Dass sie den Wunsch hegen, ihre Mitmenschen sollen wenigstens halb so sein wie sie selbst, schmälert nicht ihre Liebenswürdigkeit.

Menschen am Niederrhein verlieren sich weder in romantischen Phantasien, noch sehnen sie mittelalterliche Verhältnisse herbei. Für verstaubte Parolen sind sie nicht zu haben. Ihren Lebensmittelpunkt wollen sie nicht woanders hin verlegen. Am Niederrhein, wo der Strom Menschen verbindet, ist ihr Zuhause.

Unter diesen Menschen fühle ich mich wohl.

Unter anderem Blickwinkel

In der Lounge des Flusskreuzfahrtschiffes sitzen mehr als hundert Reisende. Alle Blicke sind nach vorn gerichtet. Bald wird eine Brücke in Sichtweite kommen, welche die Flussufer verbindet. Lange verband nur sie die beiden Nationen auf der einen und anderen Seite des Stroms.

Es wird noch dauern, bis das Schiff die Brücke erreicht. Dennoch will niemand den Augenblick verpassen. Jeder hat sich einen günstigen Platz gesichert, von dem aus das Bauwerk zu sehen ist. In der Zwischenzeit hätte man Gelegenheit, andere Objekte wahrzunehmen, die am Ufer vorüberziehen. Man müsste den Kopf ein wenig wenden, vielleicht die Sitzposition ändern, um zu sehen, was man sonst nicht sieht. Die meisten unterlassen es. Dass in der Ferne die Silhouette einer Stadt auftaucht und auf der linken Fluss-Seite das Jagdschloss eines bekannten Herzogs, entgeht vielen. Würde man sie abends nach dem Schloss fragen, würden sie Stirne runzelnd fragen: „Welches Schloss?"

Auf einer Anhöhe über dem Fluss grüßt eine Kirche mit ihren beiden Türmen zu den Fluss-Reisenden herüber. Schön wäre es, von dort oben einen Blick auf den Fluss und die Landschaft des Nibelungengaus zu werfen. Das Wesen der Dinge habe die Angewohnheit, sich zu verbergen, wusste Heraklit von Ephesus.

Ich möchte die hoch gelegene Schöne entdecken. Von wunderbaren Heilungen und Rettungen erzählt die Schatzkammer. Mit Moos bewachsene Ruine ist die Kirche nicht. Aber das Schiff gleitet vorüber und lässt mir keine Zeit. Es duldet nicht die Abzweigung, die ich nehmen möchte. Es treibt mich fort. Eine Schiff-Reise ist kein Sonntags-Ausflug, auf dem ich nach Belieben Halt machen kann.

Der Walzerkönig-Stadt am viel besungenen, nicht blauen Strom steuert das Schiff zu. Alle wollen dorthin. Für Publizität muss sie nicht werben. Ob alle das Gleiche dort sehen und erleben wollen? Sachertorte und Palatschinken probieren? Einen Pfiff trinken? Ein Brathendl am Würstel-Stand essen? Was ist typisch für diese Stadt? Was sollte man unbedingt sehen?

Unterschiedliche Ansichten und Antworten. Wer weder Hunger noch Durst verspürt, entscheidet sich vielleicht für das Ballett der weißen Lipizzaner-Hengste und schwärmt, an der Hohen Schule klassischer Reitkunst komme niemand vorbei.

Dann ist die Stadt da. Nein, Häuser. Ist das die Stadt? Direkt am Fluss liegt sie nicht. Sie liegt neben ihm, sagen Spötter. Wer sie sehen will, muss sich auf den Weg zu ihr machen, obwohl sie da ist. Das große Schild mit der Ortsangabe muss er hinter sich lassen, um zu ihr zu gelangen. Dann erklingen Operetten und Walzer, dann wird der Blick frei für Schlösser und Riesenrad.

Auch das sind Blickwinkel. Wer aus Norden oder Osten, Süden oder Westen kommend die Stadt betritt, erfährt sie je anders, erlebt sie anders. Die Stadt erzählt viele Geschichten, unterschiedliche Geschichten.

Morgen fährt das Schiff weiter. Neue Blickwinkel kommen in Sicht.

Immer auf demselben Fluss

Fünfzehn Tage Flusskreuzfahrtschiff. Nicht zum ersten, sondern zum wiederholten Mal. Immer auf demselben Fluss. Wahrscheinlich kennen Sie jeden Grashalm am Ufer, spottet jemand. Ich habe das nicht überprüft. Sollte es so sein, dann habe ich jeden Grashalm immer aus anderer Perspektive, zu einer anderen Jahreszeit, mal im Morgennebel, mal in der Abenddämmerung wahrgenommen. Gleich sahen sie nie aus.

Was ich gesehen und erlebt habe, hat sich nicht erledigt. Es beschäftigt mich weiter. Ich habe mich nicht davon verabschiedet. Erlebtes, Gesehenes regt meine Phantasie an. Es wandelt, verwandelt sich. Es verwandelt mich. Viele neigen dazu, atemlos von einer Sehenswürdigkeit zur nächsten zu flüchten. Ihr Erkundungsverhalten ist das von Event-Touristen – Flüchtende, Flüchtlinge, die nicht erkennen, dass Zeitlupen-Schritte sie einer Sache näher bringen als Fluchtverhalten.

Manchmal erkenne ich etwas kaum wieder,

wenn es mir begegnet. Die Dörfer und Städte, die Menschen, die dort wohnen und auf die ich treffe, haben viele Gesichter, manchmal mit einer Patina überzogene Gesichter. Einige sind mir vertraut. Andere nehme ich neu wahr.

Als ich auf dem Budapester Heldenplatz stand, hielt meine Kamera Bilder fest. Daheim betrachtete ich sie: Sie reflektierten oberflächliche Reize, vordergründige Wirklichkeit an einem verregneten Vormittag, die Vergangenes verdrängte. Abstrakte Fotos verrieten nichts von der Geschichte der Helden. Sie hielten flüchtige, gegenwärtige Augenblicke fest.

Ich wollte den Helden neu begegnen, sie von einer anderen Position aus betrachten, ohne ihre alte Glorie zu beschwören oder zu verewigen, ohne alte Mythen zu reaktivieren. Sie sollten nicht aus ihren Gräbern steigen. Es weckte vielmehr meine Neugier, wie sie zu Helden wurden, und ob sie es noch sind, nachdem sie in die Vergangenheit entrückt sind.

Anderen begegne ich – alltäglichen Menschen, die zum ersten Mal mit mir auf dem Schiff unterwegs sind. Jede Reise führt zu solchen Begegnungen. Ich lasse sie zu. Unerwartetes, Überraschendes geschieht. Es öffnen sich neue Horizonte. Menschen kommen in meine Nähe, die weit entfernt schienen. Meine kleine Welt erlebt, dass sie Teil einer großen Welt ist. Wir leben nicht in geschlossenen Gesellschaften. Wir bereichern uns gegenseitig, wenn wir andere an uns heranlassen. Das Leben ist keine leere Wundertüte und ein Schiff kein Museum mit toten Exponaten.

Wiesen, Wälder, Dörfer, Städte ziehen am Schiff vorüber. In Wirklichkeit ruhen sie und bewegen sich nicht. Ich bewege mich, das Schiff bewegt sich. Je länger das Schiff unterwegs ist, desto mehr verschwimmen die Konturen am Ufer. Perspektiven verwirren die Sinne. Die Orientierung droht auf der Strecke zu bleiben. War ich schon einmal hier? Wann? Wiederholung ist die Mutter der Weisheit - ein russisches Sprichwort. Um weise zu werden, muss ich noch etliche Male auf demselben Fluss unterwegs sein.

Die Dame auf dem Sonnendeck

Die Zahl der Hundertjährigen verdreifachte sich, las ich. Viele seien bis in hohe Alter aktiv und würden Pläne schmieden. Sie wüssten, dass sie mit ihrer altersbedingt eingeschränkten Energie haushalten müssten. Sehkraft und Gehör hätten nachgelassen. Manche hätten Gleichgewichts- oder Bewegungsprobleme. Dennoch seien sie mit ihrem Leben zufrieden.

Letzteres schien auch für die unauffällig wirkende Dame auf dem Sonnendeck zu gelten. Ob sie allein unterwegs war und hier oben die Flusslandschaft an sich vorüberziehen ließ? Ein Mitreisender setzte sich zu mir an den Tisch. Bald werde er achtzig Jahre alt, hoffe aber, noch weitere Reisen unternehmen zu können, verriet er mir. Ob er allein reise, fragte ich unbefangen. Nein, seine ebenso unbefangene Erwiderung. Seine Mutter sei mit an Bord.

Hatte ich richtig verstanden? Seine Mutter sitze dort drüben. Eine Geste wies auf die hinter ihm die Sonne genießende Dame hin. Nach ihrem Alter fragte ich nicht. Ohne auf meine Überraschung einzugehen, erzählte der Sohn von seiner Mutter – von ihrer Lust auf Leben, ihrem Durchsetzungsvermögen, ihrem Bedürfnis nach Selbständigkeit. Vieles war dabei, was man bei einer auf die Einhundert zugehenden Person nicht vermutet.

Schönfärberei konnte es nicht sein, was der nicht ganz junge Sohn von seiner betagten Mutter preisgab. Dass es nicht ungewöhnlich ist, wenn Gedächtnisleistungen nachlassen und helfende Hände anderer Personen willkommen sind, schien bei der alten Dame nicht vonnöten. Senioren-residenz, Altenheim, Sanatoriums-Aufenthalt, betreutes Wohnen – keine in Frage kommende Einrichtungen.

Am Abend traf ich sie mit ihrem Sohn in der Lounge. In einem mir bekannten Seniorenstift sind die Bewohner um neunzehn Uhr müde und liegen wohlversorgt im Bett. Wer ein Bedürfnis verspürt und das zum Ausdruck bringen kann, schellt nach der Nachtschwester. Der Abend ist Teil der Nacht. Jetzt war es zwei Stunden später als neunzehn Uhr. Die rüstig wirkende Seniorin genoss den Abend und den Cocktail. Mit

Worten und Gesten gewährte sie Einblick in Stationen ihrer Lebensgeschichte. Ich brauchte keine Fragen zu stellen, sie musste keine Antworten geben.

Vor mir saß keine jung gebliebene Alte, sondern eine alt gewordene, alt aussehende, vom Leben gezeichnete Frau. Sie war von gestern, das verbarg sie nicht. Aber sie lebte in der Gegenwart, nicht in weit zurück liegender Vergangenheit, nicht weit entfernt von der Wirklichkeit. Sie schien nicht gewillt, sich in Kürze aus dieser Welt zu verabschieden.

Viele Abschiede hatte sie hinter sich gebracht – von ihrem früh verstorbenen Mann, von ihren irgendwo in der Welt lebenden Kindern mit Ausnahme des Sohns, mit dem sie diese Reise unternahm. Kein kerzengerader Lebensweg, oft einem Hindernisrennen nicht unähnlich.

Verzichte hatten ihr Leben geprägt. Vieles hatte sie aufgegeben, notgedrungen. Ein Leben, das sich nicht im Sorglos-Paradies abspielte. Sie redete es nicht schön. Sie hatte es geschafft, es anzunehmen und damit umzugehen.

Die Tage auf dem Schiff, die sie relativ sorglos verbringen durfte, täuschten nicht über Defizite hinweg, die sie erlebt oder erlitten hatte. Ihr Verhalten verriet, dass sie nicht zu den Best-Ager-, Golden-Consumer-Reisenden zählte, die sich Reiseveranstalter als konsumfreudige, zahlungskräftige Klientel vorstellen. Ob ihre besten Jahre zurücklagen, ob ein Abglanz in die Gegenwart strahlte, ob sie Jahre voller Glück und Seligkeit erlebt hatte, darüber hätte sie nicht laut nachgedacht.

Die Dame auf dem Sonnendeck war eine von mehr als hundert Reisenden auf dem Schiff. Vor allem sie ist mir im Gedächtnis geblieben.

Frohe Ostern

Das Tagesprogramm auf dem Kreuzfahrtschiff wünscht den Reisenden „Frohe Ostern". Dass Ostern mit Osterhase und Ostereiern zu tun hat, ist den meisten bekannt, taucht dennoch als Frage im Osterquiz auf: „Was hat der Hase mit Ostern zu tun?"

Ein Schweizer Schokoladen-Meister, der Hasen aus Schokoladen herstellt, ist nicht die richtige Antwort. Fehleinschätzung. Konsumorientierte Reisende haben auf die falsche Hasen-Fährte gesetzt. Dass der Hase Sinnbild für Fruchtbarkeit und neues Leben ist, kann man ihm nicht ansehen. War auch nicht im Reisekatalog nachzulesen.

Eine Mitreisende – kleine Statur, hellwache Augen – beklagt sich über diejenigen, die solche Fragen stellen und Antworten parat haben. Ihr Unverständnis nimmt zu, als es um bunt gefärbte Ostereier geht. Sie freue sich, wenn der Osterhase sie ins Nest lege. Schon im Februar gebe es bunte Eier, doch schmecken könnten sie nur Ostern.

Dann entrüstet sie sich. Übermäßiger Eier-Konsum habe negative gesundheitliche Folgen, lautet die Antwort auf die Frage, ob Ostereier gesund seien. Ungläubiges Kopfschütteln. „Warum verdirbt uns die Reiseleitung den Ostereier-Appetit?" beklagt sie sich über den, wie sie sagt, organisierten Wahnsinn und hält Konsumverzicht für Freiheitsberaubung.

Viele stimmen ihr zu. Ein Herr beschwert sich, dass zwischen Fantasie und Wirklichkeit nicht unterschieden würde. Ostereier würden zu Ostern gehören wie der Weihnachtsbaum zu Weihnachten. Was immer gegolten habe, könnten Reiseveranstalter nicht nach eigenem Gutdünken außer Kraft setzen.

Außerdem habe er viel Geld ausgegeben für die Reise mit Vollverpflegung an Bord. Von Müsli-Image an Bord sei nicht die Rede gewesen. Was er bezahlt habe, wolle er auch essen. Der Eiersalat gestern sei köstlich gewesen. „Habe ich bisher falsch gelebt?" ereifert er sich. „Wer will mich bevormunden?" Vom Wandel der Essgewohnheiten habe er nichts gehört, ereifert er sich. Sollte sich daran etwas ändern, möchte er vorher gefragt werden und sein Einverständnis erklären.

Der Herr wittert unlautere Absichten und will gegensteuern. „Alles Gute, nur das Beste, gerade jetzt zum Osterfeste." Das stehe in großen Buchstaben hinter dem Wunsch „Frohe Ostern" im Tagesprogramm. „Bei wem kann man sich beschweren?"

Auf der Rückseite des Programms wird aus Goethes „Osterspaziergang" zitiert: „Jeder sonnt sich heute so gern. Sie feiern die Auferstehung des Herrn." Auferstehung? Hat man davon schon einmal gehört? Weder im Quiz noch im Tagesprogramm eine Antwort.

Allgemeine Verunsicherung. Ostereier soll man nicht essen, weil sie gesundheitsschädlich sind. Von Auferstehung steht nichts im Programm. Wer kann Unerklärliches erklären? Reisende geraten von einer Verlegenheit in die andere. Sie spüren schmerzhaft die Beschränktheit der eigenen Weltsicht. Warum wünscht die Reiseleitung noch „Frohe Ostern"?

Das russische Wort für „Sonntag" heißt „Auferstehung". Jeden Sonntag ist in Russland Ostern. Von Ostereiern keine Rede. Ist Auferstehung wichtiger als die Ostereier?

Frohe Ostern.

Am Eisernen Tor

Eine der weltweit tiefsten Schluchten. Flussklippen-Landschaft. Ehemals höhere Wasserfälle als die Niagara-Fälle und unvorhersehbare Gefahren für Schiffe, welche die Talenge passierten. „Wir näherten uns der gefährlichsten Stelle des Stroms, dem Eisernen Tor. Wohl eine halbe Stunde vorher verkündet das Rauschen des Wassers den gefürchteten Ort. Felsenriffe durchziehen den Strom und bilden eine Menge Wirbel." Nachzulesen in Ida Pfeiffers Tagebuch „Reise einer Wienerin ins Heilige Land", erschienen 1843 in Wien.

Den Strom, der am Gestein nagte, es zernagte, immer noch an ihm nagt, erlebe ich jetzt als gebändigt. Gebändigte oder vorübergehend gezähmte Wassermassen? Gezähmt wie der Fuchs, den Saint-Exupérys „Kleiner Prinz" sich vertraut machen will? Kann ich mich ihnen überlassen, ohne dass apokalyptische Ängste mich bedrängen? Naht ein Tag, an dem der Fluss sich rächt an denen, die ihn für ihre Zwecke gebändigt oder missbraucht haben? Reift ein Verhängnis unbemerkt heran?

Die Fragen haben sich erledigt, beruhigen mich jene, die große Steinblöcke im Strom versenkt, ihn reguliert und aufgestaut, seine Fließgeschwindigkeit reduziert, Schleusen und Dämme gebaut haben. Keine Effekthascherei, nicht Taten geltungssüchtiger Amateure, sondern berechenbare Kunst moderner Zauberlehrlinge. Langzeitschäden seien nicht zu befürchten, warnender Worte bedürfe es nicht – beschwichtigende Kommentare. Eine neue Ära sei eingeläutet worden. Der dreißig Meter hoch gestaute Strom habe eine zeitgemäße Daseinsberechtigung.

Eine große Insel ging in den Fluten unter. Mit ihr verloren sich Geschichten von Menschen, die seit Menschengedenken auf ihr heimisch gewesen waren und sie mit Leben gefüllt hatten. Die Insel war ihre Visitenkarte. Nach ihrer Daseinsberechtigung fragte niemand. Fragen nach Unrecht und Ohnmacht stellten sich nicht. Die Staudamm-Kathedrale verschlang einen Lebensraum, der Vergangenheit, Gegenwart und Zukunft für Generationen von Menschen war. Im Reiseführer wird sie nicht erwähnt. Das Schiff fährt über sie hinweg.

Was kann man? Was darf man? Fragen wurden gestellt, werden immer noch laut. Zögerliche Antworten. Schulterzucken. Es wird schon nichts passieren. Verdrängte Erinnerungen an Goethes Zauberlehrling: „Die ich rief, die Geister, werde ich nicht los." Sorge und Furcht sind nicht mit beruhigenden Erklärungen aus der Welt zu schaffen.

Ein römischer Feldherr setzte an dieser Stelle seine Legionen auf die andere Fluss-Seite über. Ein den Römern fremdes Volk wollte er unterwerfen, die erwartete Huldigung einholen und sich feiern lassen. Ob dieses Volk die feindliche Überlegenheit anerkannte und selbst um Unterwerfung bat, weil es nicht über seine Verhältnisse streiten wollte, wird nicht überliefert. Wir wissen nicht, was wir alles nicht wissen. Andere Völker, vor und nach den Römern, überquerten den Strom und drangen in Regionen vor, in denen aus ihrer Sicht die Sonne unterging.

Viele Jahre später zerschnitt ein „Eiserner Vorhang" den Fluss. Keine Hoffnung auf ein Sesam-öffne-Dich. Aus Menschen, die seit

Jahrhunderten friedlich zusammenlebten, wurden Feinde. Verordnete Voreingenommenheit sah im Anderen den Bösen. Der Kalte Krieg verengte die Horizonte und definierte das Zeitgeschehen in trotziger Einseitigkeit entweder aus östlicher oder westlicher Sicht. Bisher selbstverständliche Beziehungen wurden ignoriert und Konfrontationen geschürt. Statt aufeinander zuzugehen, inszenierte man die große Weltverschwörung.

Ein Gefühl der Vergeblichkeit erfasste die Menschen, die sich nach dem soeben beendeten Krieg nach friedlichem Miteinander sehnten. Intellektuelle Widerspenstigkeit auf beiden Seiten des Vorhangs machte sie duldsam für das, was persönliche Fehler und Irrtümer betraf.

Das Eiserne Tor dagegen erwies sich als nachgiebiger. Die Wasser des Stroms, die an den harten Kanten des Gesteins nagen, weichten mit unendlicher Beharrlichkeit die widerstrebenden Felsen der Karpaten auf, durch die sich die Wasser-Fluten zwängen. Gestein und Strom fanden zusammen und widersprachen jenen, die sagten, dass nicht zusammenfinden könne, was vorher nicht zusammengehörte.

Ein kleines Kloster fand an dieser Stelle ein Stück Boden unter den Füßen. Zwei Mönche wohnen und beten darin. Gäste nehmen sie auf, die mit ihnen vielleicht darüber nachdenken, wie viel Platz wir brauchen, um leben und überleben zu können.

Ungeachtet dessen, was war oder sein wird, gleitet unser Schiff an einem warmen, sonnigen Frühlingsmorgen durch die Katarakten. Dass sie ihren Namen von tosenden Wasserfällen ableiten, ist ihnen nicht anzusehen. Die Wasserfälle sind Geschichte. Was aus ihnen geworden ist, schreibt andere Geschichten.

Wir können nicht nur mit Geschichten der Gegenwart leben. Vergangenes Geschehen wirkt nach. Es ist Teil unserer Erinnerungskultur. Die alten Geschichten raunen sie uns zu. Vielleicht sind die Urgewalten am Eisernen Tor doch nur gezähmt und nicht für immer gebändigt.

Im Donaudelta

Das Flusskreuzfahrtschiff hat Tulcea, ehemals Stadt der Mühlen, erreicht. Viele Getreide-Mühlen sollen hier Getreide gemahlen haben. Sie haben die Zeiten nicht überdauert.

Wir sind nicht ihretwegen gekommen. Drei Donau-Arme führen von hier zum Schwarzen Meer, zum Kilometer Null des großen Stroms. Es ist ungewöhnlich, dass gezählte Kilometer gegen Null gehen, obwohl die Fluten des Stroms eine fast dreitausend Kilometer lange Reise hinter sich haben.

Kann man die Bedeutung des Stroms erst einschätzen, wenn er ans Ende gekommen ist und im Meer ertrinkt? Es soll im Himalaja ein Kloster geben, in dem Nachrichten aus aller Welt gespeichert werden, wenn sie mindestens zwei Jahre alt sind. Wer sich dann noch für sie interessiert, kann sich auf den Weg zu ihren Anfängen machen. Gilt Vergleichbares für die Donau?

Von Tulcea aus wollen wir einen Eindruck bekommen von Europas einzigartiger, unberührter Weite des Donau-Deltas mit seiner Flora und Fauna. Durch ein Gewirr von Seen, Teichen und schmalen Fluss-Läufen winden sich Flussarme zum Meer. Täglich zeigt das Gewirr ein anderes Gesicht. Wo heute ein See ist, schwimmt Tage später eine Schilf-Insel. Die Natur folgt eigenen Gesetzen und Rhythmen. Sie widersetzt sich berechenbaren Regeln. Ein Improvisations-Künstler. Lebensbereiche ändern sich unablässig. Ein Kaleidoskop aus Biotopen und Lagunen, Auwäldern und Feuchtwiesen entsteht und vergeht. Nichts entzieht sich der Vergänglichkeit. Labyrinthe aus Seen und Nebenarmen, aus Seerosen-Teppichen und Schilf-Zonen bilden ein nicht überschaubares Ganzes.

Die einzigartige Vogelwelt im Biotop wird gerühmt. Leider trägt unser Boot, mit dem wir zwei Stunden lang auf Erkundungsfahrt gehen, mit dazu bei, dass wir von der großen Vogel-Familie, von den Reihern und Pelikanen nur aufgescheuchte Exemplare zu Gesicht und vor die Kamera bekommen. Während die hier lebenden Fischer im Frühjahr nicht fischen dürfen, um die Vogelbrut nicht zu stören, heulen Motorboote auf und lassen Vögel, Reiher und Pelikane davonfliegen.

Ich genieße dennoch das Naturschauspiel, in dem nichts Aufregendes geschieht und das deswegen nachhaltig auf mich wirkt. Einige Mitreisende streicheln ihre Seele und fühlen sich ins Paradies versetzt. Sie lassen Astrid Lindgrens „Sehnsucht nach Bullerbü", wo alles stimmig zu sein schien, gegenwärtig werden.

Diesen Lebensraum als Paradies zu bezeichnen, in dem Menschen ihre Sehnsucht nach dem Schönen, Glücklichen und Friedlichen erfüllt sehen, bleibt wahrscheinlich denen vorbehalten, die nur kurz hier verweilen. Das Leben spielt sich nicht ab in romantischen Wald- und Märchen-landschaften. Die Bewohner üben sich in der Strategie der Pelikane: Sie schlängeln sich durch. Im Sommer sind ihre kleinen Dörfer per Schiff erreichbar. Im Herbst und Frühjahr setzt der hohe Wasserstand des Stroms ihnen zu. Wenn er im Winter zugefroren ist, sind sie abgeschlossen von der Außenwelt.

Ein längerer Aufenthalt statt eines kurzweiligen Besuchs in diesem Überlebensraum würde uns Bescheidenheit lehren.

Auch die rumänische Studentin, die uns auf dem Boot begleitet, äußert sich zurückhaltend zu Paradies-Garten und Paradies-Gefühlen. Das Delta sei kein immerwährendes Hochdruckgebiet, mahnt sie. Wenn im Winter der Fluss zufriere, versorge ein Hubschrauber die Bewohner von Zeit zu Zeit mit Nahrungsmitteln. Erkranke jemand, könne eventuell eine Krankenschwester aus dem Nachbardorf helfen, die ebenfalls per Hubschrauber angefordert werde.

Für junge Leute gebe es kaum Arbeit. Die gottverlassene Gegend, in der sie unter Ausschluss der Weltöffentlichkeit groß würden, sowie das entbehrungsreiche Leben ließen sie in die Städte außerhalb des Deltas abwandern – oft mit Zustimmung der Eltern. So sei es auch bei ihr gewesen „Die Kinder sollen es besser haben", laute die Devise. Eine Aussage, die uns bekannt vorkommt.

Problematisch sei immer noch die Versorgung mit Trinkwasser. Ihr Heimatdorf liege am Wasser. Ihr Vater habe vor Jahren einen Brunnen im Garten angelegt, von dem aus er Wasser ins Haus pumpe. Wirklich trinkbares Wasser sei das aber nicht. Wenn er mit dem Hausboot nach Tulcea fahre, decke er sich im „Magazin Mixt" mit abgefülltem Trinkwasser ein.

„Leben mixt" im Delta.

Unterwegs zum Nullpunkt

Der Donau-Arm, auf dem wir den Nullpunkt ansteuern, ist zur fast schnurgeraden Wasser-Straße ausgebaut geworden. Der Strom entwickelt sich zum immer befahrbaren Transportweg. Auf ihm erreichen wir Sulina, an der Mündung des Wasserweges ins Schwarze Meer gelegen.

„Wo ist der Nullpunkt?" frage nicht nur ich. „Wo ist das Meer?" Auf einem Schild, leicht zu übersehen, steht eine unscheinbare Null. Täuschen wir uns? Wo Null steht, ist noch nicht bzw. ist nicht mehr die Null. Die Mündung liegt Meilen-weit von Sulina entfernt, weil der Strom immer mehr Land im Meer angeschwemmt hat. Geröll und Schlamm führt er mit sich. Die schweren Brocken bleiben am Grund hängen, das Feinmaterial wird ins Delta transportiert. So entstand und entsteht neues Schwemmland, das ins Meer hinaus wächst. Der Leuchtturm steht nicht an der Küste, sondern mitten im Land. Seine Funktion ist nicht mehr Leuchtturm, sondern Museum. Er wirkt wie jemand, der nicht dazugehört.

Der Ort Sulina, früher Sitz der Europäischen Donau-Kommission und bdeutende Hafenstadt, erweckt den Eindruck, am Nullpunkt zu sein. Ein Ort wie am Ende der Welt – stolze Vergangenheit, trostlose Gegenwart. Verkommene Jugendstil-Bauten ähneln einem Gruselkabinett.

Auf Wiederkehr einer vergangenen Zeit und auf neue Heldengeschichten kann Sulina nicht hoffen, auch nicht mit Fürsprache der Göttin Sclene, die der Stadt ihren Namen gab. Sulina kann Gute-Nacht-Geschichten erzählen. Zukunftsweisende Perspektiven sind nicht in Sicht.

Besuchenswert, und das besagt viel, ist der Friedhof mit einem vorsintflutlichen Leichenwagen. Christliche, jüdische und muslimische Grabstätten gibt es. Die letzte Ruhe haben viele Tote nicht gefunden: Auf manchen Gräbern steht ein Kreuz, eine Stele oder eine Marmorsäule. Aber die Angehörigen haben die sterblichen Überreste ihrer Verwandten und Freunde heimgeholt nach dort, wo sie selbst zu Hause sind.

Für den Friedhof und für Sulina gilt: „Sic transit gloria mundi – So vergeht der Ruhm der Welt." Wenn im Petersdom in Rom ein neuer Papst gewählt worden ist, spricht der Zeremoniar diesen Satz: Mahnende Erinnerung an irdische Vergänglichkeit und daran, dass jeder einmal am Nullpunkt ankommen wird.

Das Tenderboot

Getendert war ich nie. In meinem Sprachschatz kommt der Begriff nicht vor. Aber ich musste tendern, wenn ich an Land wollte. Das Schiff, auf dem ich unterwegs war, konnte nicht im Hafen anlegen, da es zu groß war. Es ankerte außerhalb in einiger Entfernung zur Küste und lag dort auf Reede. Immer größere Schiffe werden gebaut. Immer mehr Schiffe liegen auf Reede. Immer öfter müssen Reisende in kleine, motorisierte Boote umsteigen, um an Land zu kommen. Sie müssen tendern.

Tendern sei unproblematisch, wurde versichert. Das Motorboot schaukele ein wenig je nach Seegang, aber ich könne dem Tender-Kapitän vertrauen. Er tendere regelmäßig. Nur festhalten müsse ich mich. Wo genau, blieb offen. Überall wahrscheinlich. Dass ich, an der Reling des Bootes lehnend, aufs Meer hinaus träumen konnte – unmöglich. Es gab keine Reling.

Der Tenderkapitän, der mich und andere Mitreisende empfing, saß auf einer Art Hochsitz und schaute gelassen auf die

Passagiere herab, die er an Land bringen sollte. Das Meer war ruhig. Ob die Ruhe ihre Tücken hatte, blieb unbeantwortet. Tuckernd löste sich das Boot von dem großen Schiff.

Hochseeschiffe schmücken sich mit Sternen. Mit Güteklasse-Sternen. Das Schiff, auf dem ich unterwegs war, hatte sich vier See-Sterne zugelegt. Welches Gütesiegel das Tenderboot verdiente und ob der Qualitätsbegriff „Güte" hier in Betracht kam, konnten nur wohlmeinende Spezialisten feststellen. Phantasie sei wichtiger als Wissen, denn Wissen sei begrenzt, soll Albert Einstein gesagt haben. In diesem Fall entzogen sich Wissen und Phantasie der Überprüfbarkeit. Es war augenscheinlich, dass sich das Boot allen Neuerungen widersetzt hatte und den Regeln ungehinderten Verfalls gehorchte. Vom Werbespruch „Qualität sichert Erfolg" hatte man nichts gehört. Ob es mich und die anderen Passagiere heil an Land bringen könnte?

Zweifel waren angebracht. Vermutlich hatte es etliche Namensänderungen erlebt und war wie ein Wanderpokal von einer Gesellschaft zur nächsten weitergereicht worden. Es mochte immer „Müller" geheißen haben. Wechselnde Vornamen – Lieschen, Philipp, Anton – hatten mit dem Außenanstrich zu tun, den eine Reederei dem Gefährt verpasste, um das Erscheinungsbild zu optimieren. Der Wettlauf mit dem Niedergang wurde dadurch nicht gestoppt. Der Müller-Zustand war geblieben. Antiquität im Originalzustand. Souvenir vergangener Zeiten. Bei jedem Nostalgie-Wettbewerb hätte es Preise errungen.

Ich wollte keine Traumreise auf einem Boot-Vehikel erleben, sondern an Land kommen. Jetzt rechnete ich damit, auf halbem Weg eine Rettungsweste anlegen zu müssen.

Für den Kapitän auf dem Hochsitz schien das kein Problem zu sein. Ohne Krisen bewegt sich nichts, auch kein Tenderboot – wohl sein Wahlspruch. So wie er dort saß, focht ihn nichts an, auch nicht die dürftig erscheinende Legitimation des Bootes. Die Fähigkeit, gelassen zu bleiben, wenn es ernst wird, bewahrte ihn vor unnötigen Gedankenspielen.

Das Boot war nicht nur Tenderboot, sondern auch Rettungsboot. Vor dem Fenster meiner Kabine hing es und versperrte mir die Sicht auf das offene Meer. Wen würde dieses Boot retten können, wenn das große Schiff in Seenot gerät? Oder hieß es so, weil es selbst gerettet werden musste? War sein Zustand darauf zurückzuführen, dass es diverse Rettungsaktionen gemeistert hatte? Konnte es stolz darauf sein, diese überstanden zu haben? Das Tender-Boot erschien plötzlich in neuem Licht. Hatte ich ihm Unrecht getan und seinen womöglich heldenhaften Kampf gegen tosende Unwetter und Wellen nicht gewürdigt?

Ich wollte den Tender-Kapitän fragen, um mir Klarheit zu verschaffen. Der hatte keine Zeit, da das Boot zur Landung ansetzte. Musste er sich keine Sorgen zu machen, da ich mir schon welche machte? Beherzigte er die Empfehlung, man solle sich jeden Tag dreißig Minuten Zeit für seine Sorgen nehmen und in dieser Zeit ein Nickerchen machen?

Als ich abends auf dem großen Schiff ein Glas Wein trank, dachte ich an den Rat eines Volks-

und Schlagersängers: "Schütt die Sorgen in ein Gläschen Wein". Ein befreundeter Schauspieler behauptete allerdings, Sorgen würden im Alkohol nicht ertrinken; denn sie könnten schwimmen.

Dennoch entschied ich mich, nicht über unbewältigten Sorgen zu brüten. Am nächsten Tag werde unser Schiff wieder auf Reede liegen, hatte der Kapitän angekündigt. Panik-Gefühle, die in mir hochkriechen wollten, unterdrückte ich. Jedes Glück hat seinen Preis, so auch eine Reise. Ich musste, allen Unwägbarkeiten zum Trotz, tendern, um an Land zu kommen – eine Gelegenheit zu überprüfen, ob der Zahn der Zeit weiter am Tenderboot genagt hatte.

Sorgen machte ich mir nicht, jetzt noch nicht.

Zu wenig unterm Kiel

„Sieh, das Gute liegt so nah", wusste Goethe. Goethe wusste viel. Auf Goethe ist Verlass. Die Insel liegt nicht direkt vor meiner Haustür, aber nah genug, um am selben Tag hinfahren und ankommen zu können. Dass man eine Fähre in Anspruch nehmen muss, um sie zu erreichen, unterstreicht den besonderen Reiz ihrer Lage im Wattenmeer. Goethe wusste das nicht, weil er nie dort gewesen ist. Ich fuhr zum zweiten Mal hin, weil Insel und Herberge zum Wiederkommen einluden.

„Moin Moin. Gode Reis", rufen mir Insulaner zu. Noch bin ich nicht ganz angekommen, aber das Wünschen hat immer geholfen. 1825 wurde die Insel von einer Sturmflut heimgesucht. Im Winter zwischen 1928 und 1929 war es so kalt, dass sie durch Abwürfe aus Flugzeugen versorgt wurde, weil der Fährbetrieb eingestellt worden war. Das ist lange her. Heute ist alles anders und besser. Fähren fahren immer. Das erwartet man. Töwerland, Zauber-Land, nennt man die Insel. Der Klimaerwärmung sei Dank.

Weihnachten auf der Insel. Silvester-Party im Insel-Hotel. Das Hotel würde meine Wünsche erfüllen. Dazu walken am Meer. Das verbessert die körperliche Ausdauer, verspricht die insulare Reise-Empfehlung. Heilbad nennt sich das siebzehn Kilometer lange Zauberland. Lufthygienische Voraussetzungen erlauben es – verstehe ich nicht, steht aber im Prospekt.

Ich lege mehr Wert auf ein gutes Frühstück. Das garantiert mir das Hotel: „Große Auswahl an unserem Frühstücksbuffet. Zusätzlich gibt es frisch zubereitete Speisen." Letzteres halte ich nicht für notwendig. Aber es gibt Gäste, die nicht von Aufschnitt und Brot allein satt werden wollen. Auf der Suche nach dem Außerordentlichen und Großen vergiss nicht das Kleine und Unscheinbare – auch eine Empfehlung von Goethe. Er muss aber nicht immer im Recht sein, denken Gäste, und vermissen die französische Käse-Spezialität, die ihnen so gut in der Bretagne geschmeckt hat.

„Dat deit mi leed", bedauert die Hotel-Küche und mahnt an „Wat schall dat kosten?"

„Hauptsache, dat geiht mi goot", erwidern Touristen und gönnen sich ein zweites Glas Sekt zum Frühstücks-Ei. Erstaunlich, wie schnell sie Friesen-Deutsch sprechen und verstehen gelernt haben.

Goethe hat sich nicht geäußert, in welcher Jahreszeit die Insel am schönsten ist und wann einem möglichst wenig Touristen „in de Mööt komen", in die Quere kommen. Aber die Hotel-Direktion und der französische Moralist Joubert haben sich geäußert: „Der Verstand kann sagen, was wir unterlassen sollen – das Herz, was wir tun müssen." Ich hätte gern mit Herrn Joubert Rücksprache genommen, bevor ich das Insel-Hotel buchte. Als ich das Zauberland verlassen konnte, war es zu spät.

„Der Weise äußert sich vorsichtig, der Narr mit Bestimmtheit." Wilhelm Busch sagte das. Egal, ob die Weisen oder der Narr Recht haben, ich musste mir eine Meinung bilden, als zwei Tage vor der geplanten Abreise ein Aushang mitteilte: „Aufgrund aktueller Wasserstands-Vorhersagen sehen wir die Abfahrten als stark gefährdet an. Die regulären Fahrten entfallen."

„Sunt je un sinnig" empfehlen die Friesen in solch einer Situation. „Bleiben Sie ganz ruhig." Goethe hatte anderswo offenbar Ähnliches erlebt und sich seinen Reim darauf gemacht: „Auch das Gewöhnliche kann auf Reisen durch Neuheit und Überraschung das Ansehen eines Abenteuers gewinnen." Da ich Selbsthilfe-Literatur nicht mitgenommen hatte und die Hotel-Bibliothek nur Erbauungs-Literatur aus vergangenen Tagen anbot, musste ich mir selbst helfen. Abenteuer-Urlaub war nicht geplant.

Die erste Fähre zurück zum Festland fuhr nicht. Auch nicht die zweite, dritte und vierte Fähre. Nicht-Insulaner wissen nicht, dass Winde das Wasser aus dem Watt fegen können. Nicht alles Wasser, aber so viel Wasser, dass Schiffe nicht genug davon unterm Kiel haben. Wie geht ein Nicht-Insulaner mit widrigen Umständen um? Er bleibt im Hotel und wartet ab. Gastfreundschaft ist hohes Gut, wenn man ihrer bedarf.

Das Hotel kannte Gastfreundschaft, verstand sie aber nicht als Verpflichtung. Die Direktion verfügte über ausreichende Mengen Wasser unterm Kiel, nicht aber über genügend

Proviant, um die Gäste mit fester Nahrung zu versorgen. Überflüssiger Luxus. Man werde von widrigen Umständen beherrscht, hieß es. Außerdem schließe das Haus für einige Wochen. Beschlossen. Geschlossen.

Was ich von der Mitteilung, die nach Abwehr-Strategie klang, hielt, stand mir im Gesicht geschrieben, ohne es mit Worten kund zu tun. Essbares konnte das Hotel nicht anbieten, obwohl keine Sturmflut die Insel heimgesucht hatte und keine eiskalten Winde die Versorgung zum Erliegen brachten. Andere Hotels kannten Internet-Verbindungen und Telefon; verfügten über Vorratskammern und Kühlschränke; hatten Personal, das sich etwas einfallen ließ, wenn in Ausnahmefällen nicht genügend unterm Kiel war.

„Ik maad hal wa tu iitjen haa – Ich würde gern etwas essen." Meine Bitte blieb unerhört. Zum Klönsnak, zum Gespräch mit der Direktion, kam es nicht. Sie hätte „Det dee mi larig – Das tut mir leid" geantwortet. Tage vorher entdeckte ich zum Glück eine Einkaufsquelle, die mein Überleben sicherte, ohne auf selbstgemachte

Marmelade zurückgreifen zu müssen. Man muss manchmal Haken schlagen, um ans Ziel zu kommen, hat ein in Reise-Nöten Erfahrener empfohlen.

Dann wurde die Abfahrt einer Fähre angekündigt. In aller Frühe machte ich mich auf den Weg zum Hafen. Kattendüster, stockdunkel, war es. Eisregen machte das Gehen zur Rutschpartie. Mich von der Direktion verabschieden konnte ich nicht. Das Hotel war geschlossen, obwohl ich es verlassen konnte.

In welcher Erinnerung ich es behalten werde, ist ungewiss. "Bit naist Juar – Bis zum nächsten Jahr" kann ich nicht versprechen. Ich werde wohl warten, bis von allem genügend unter'm Kiel ist.

Der Reisegutschein

„Ihre Meinung interessiert uns." Meinungsforschern kann man nicht entgehen, auch nicht, wenn man keine Meinung hat oder sie nicht kundtun will. Reise-Leben spielt ab sich in Fragebögen. Immer mehr irrelevante Informationen und Anfragen erreichen mich, mit denen ich immer weniger anfange und die mir den Überblick rauben. Alle wollen alles von mir wissen. Von denen, die etwas wissen wollen, erfahre ich dagegen nichts.

Der Fragebogen, den ich am vorletzten Tag der Reise in der Schiffskabine vorfinde, will es mir leicht machen. Antworten, die ich gebe, kennt er schon und hat sie aufgelistet. Ich soll keine Gedanken zu Papier bringen, sondern Kästchen ankreuzen. Fragebogen-Analphabetismus. Noten-Salat aus „sehr gut, gut, befriedigend, mangelhaft".

Ich kann mit einer Belohnung rechnen. Ausgefüllte Fragebögen nehmen an der Verlosung eines Reisegutscheins teil. Es gibt einen Gutschein für eine Reise, an deren Ende mich ein Fragebogen erwartet mit der Aussicht, einen Reisegutschein zu gewinnen. Der Gutschein ermäßigt die nächste Reise um zehn Prozent. Wer die restlichen neunzig Prozent zahlt, wird nicht mitgeteilt. Dass sich nur einer von dreihundert Reisenden Hoffnung auf einen Gutschein machen darf, wird ebenfalls nicht erwähnt. Chancenreicher als sechs Richtige im Lotto zu erzielen, ist es in jedem Fall.

Welche Meinung wird als zuerst erfragt? Die nach dem Gesamteindruck. Welchen Eindruck haben alle Erfahrungen insgesamt bei Ihnen hinterlassen? Gestern hatte ich „Ausflugstipp zehn" gebucht. Tausend und mehr Duftwolken umnebelten auf dem Markt mein Geruchsorgan. Wandte ich mich nach links, fingen mich orientalische und sonstige Gerüche ein. Ließ ich mich auf Sinneswahrnehmungen der anderen Seite ein, war ich übermächtigen Duftgewalten von Meerestieren ausgeliefert, die vergessen ließen, dass ich auf dem Wochenmarkt und nicht in einer Fischhalle unterwegs war. Wie war mein Gesamteindruck? Ich gestehe meine Unschlüssigkeit. Das Kästchen bleibt leer.

Den Service beim Mittag- und Abendessen, an der Bar, in der Kabine, beim Friseur, auf dem Sonnendeck soll ich benoten. Ich überlege, welche Dienste ich in Anspruch nahm und ob ich mich an sie erinnere. Meine Meinung sei wichtig, heißt es. Der Urlaub soll dadurch schöner werden. Ich frage mich, wie das möglich ist, da er morgen zu Ende geht und ich die Heimreise antrete. Soll ich dafür sorgen, dass der Urlaub anderer Reisender, welche die Reise noch vor sich haben, schöner wird? Ich kenne niemanden, der die Reise plant. Ein leeres Kästchen.

Die Zeit drängt. In einer Stunde muss der Fragebogen an der Rezeption vorliegen. wegen des Reisegutscheins. Ich soll nicht bestmögliche, sondern schnellstmögliche Entscheidungen treffen. Viele Fragen sind noch nicht beantwortet. Wie häufig sind Sie mit uns gereist? Mein Gedächtnis lässt mich im Stich. Ich hatte mich vor Reise-Antritt nicht auf Gedächtnis-Übungen eingestellt. Warum ich mich für die Reise entschieden habe, soll ich angeben. Einfach so, möchte ich antworten. Dafür ist kein Kästchen vorgesehen.

Was hat Ihnen an der Reise nicht gefallen? Die Frage habe ich befürchtet. Ich habe nicht nachgedacht, was mir nicht gefallen hat. Darf ich daher demnächst nicht mitreisen?

Wenn ich verreise, denke ich positiv. Wenn das Frühstücksei nicht frisch gelegt war; wenn das Salz in der Suppe nicht mein Lieblingssalz war; wenn meine Kabine nicht um neun, sondern um zehn Minuten nach neun Uhr gereinigt wurde, habe ich die Reise nicht abgebrochen. Fünf leere Kästchen sind die Folge.

Für den Reisegutschein ist es inzwischen zu spät. Ich weiß nicht, wohin die nächste Reise geht. Vielleicht reise ich dort hin, wo ich nach der Reise keinen Fragebogen ausfüllen muss. Schade, dass ich das nicht ankreuzen kann.

Türkische Paprika

Besuchen Sie uns! Diese Einladung wollte ich mir nicht entgehen lassen. Sie stand zwar nur im Reisekatalog „Türkische Südküste". Aber Kataloge lügen nicht.

Wen konnte ich hier am Strand besuchen? Überall vertraute Laute „Den Kaffee morjens kannste verjessen un de Brötchen waren von vorjestern.". Ich hatte mir ein Wörterbuch „Türkisch in dreißig Tagen" gekauft. Das hätte ich daheim lassen können. Wenn ich hier jemanden besuchen wollte, der nicht aus Kaffee- und Brötchenland kam, dann musste ich das Weite suchen.

Der türkische Taxifahrer sprach fließend Deutsch und wollte mir an einem einzigen Tag die ganze Türkei zeigen. Irgendwo aufs Land bitte, sagte ich. Da gebe es nichts zu sehen, lenkte er mich mit eindeutig schwäbischem Akzent ab. Genau da wollte ich hin. Er solle mich zu Landsleuten fahren, bat ich. „Besuchen Sie uns" habe im Prospekt gestanden.

Als wir vor dem alten Haus anhielten, wusste ich nicht, wen ich hier besuchen sollte. Kinder liefen uns entgegen und begrüßten herzlich meinen Fahrer. „Meine Kinder", lächelte er. Drinnen begrüßte ich seine Eltern. Sie wohnten nicht im Fünf-Sterne-Hotel. Das hier war mehr Schuppen als Sterne. Tee und Gebäck machten die Runde. Kinder und Erwachsene bestaunten mich wie jemanden aus einer anderen Welt.

Den Garten am Haus sollte ich bewundern. Der alte Herr schlurfte durch das Gemüsebeet und zeigte auf kleine Paprika-Pflanzen. Meine Türkisch-Kenntnisse waren spärlich, aber er spürte mein Interesse an Paprika. Als mich der Fahrer abends am Hotel absetzte, überreichte er mir ein in Zeitungspapier eingewickeltes Paket: Paprika-Pflanzen. Für seine Familie sei es eine Ehre, sie mir zu schenken, sagte er.

Am nächsten Tag fuhr ich mit dem Bus in die nahe Kleinstadt. Es war Markttag. An einem Gemüsestand glaubte ich eine Person zu kennen: Der alte Herr von gestern. Er kaufte Paprika-Pflanzen.

Gebundene Füße

Die Frau mit den kurzen, tapsigen Schritten war mir aufgefallen. Sie hatte außergewöhnlich kleine Füße und bewegte sich wie auf Stelzen.

Mit zwei bis drei Meter langen Binden wurden in China Jahrhunderte lang kleinen Mädchen die Füße so gebunden, dass diese nur zehn Zentimeter lang werden konnten. Der aus unserer Sicht entwürdigende Vorgang bedeutete für die Mädchen eine Tortur. Etwa ab dem fünften Lebensjahr eines Mädchens band man die Zehen mit Hilfe von Binden unter die Fußsohle, dieZehen und Fußferse zueinander hin. Die Füße schwollen dadurch an, weil die Blutzirkulation unterbrochen wurde. Sie starben ab.

Ihre Oma, erinnerte sich unsere chinesische Reiseleiterin, sei immer getragen worden. Wegen ihrer kleinen Lotus-Füße habe sie kaum gehen können und sei ans Haus gefesselt gewesen. Ihrem Großvater habe das gefallen. Er habe sich als Herr gefühlt, der über Oma bestimmte. In der chinesischen Gesellschaft seien gebundene Füße ein Symbol für Ansehen und Reichtum einer Familie gewesen und nicht, wie sie heute zugeben müsse, als Verstümmelung und Erniedrigung gewertet worden. Ihrer Oma sei eingeredet worden, mit kleinen Füßen mehr Chancen für eine viel versprechende Heirat zu haben.

Betretenes Schweigen im Bus. Die Frau als zerbrechliches Etwas in der Tragetasche ihres Mannes, verfügbar für ihn und seine Bedürfnisse. Machiavelli hat in seinem Buch „Der Fürst" für seine Zeit Anfang des 16. Jahrhunderts eine moralische Ordnung propagiert, der zufolge Menschen einen zügelnden Herrn über sich haben müssten, damit sie nicht maß- und ziellos werden. Diese Ordnung basiere auf notwendigem, hierarchischem Druck.

Ich gehe nicht davon aus, dass sich nur Frauen diesem angeblich notwendigen Druck beugen mussten. Die Selbstermächtigung des Großvaters unserer Reiseleiterin, der sich stark fühlte, wenn andere schwach waren, wird sich nicht auf Machiavellis „Fürst" berufen haben.

Um das Jahr 1900 begann man sich gegen die unwürdige, rechtlose Rolle der Frau, gegen ihre Verächtlichmachung zur Wehr zu setzen. Auf dem Land setzte das Umdenken, das auf Druck aus dem westlichen Ausland zustande kam, noch später ein.

Gleiche Rechte für alle? Dem widersprach, was eine Reisebegleiterin in Shanghai vom Berufsethos ihres Mannes erzählte. Als Lehrer arbeite er tagsüber für den Sozialismus, abends für den Kapitalismus. Den geringen sozialistischen Grundlohn für die Tätigkeit am Tag bessere er abends und an Wochenenden durch attraktiveren Nachhilfe-Lohn auf. Der schulische Druck auf die Kinder sei so groß, dass vermögende Eltern einen optimalen Schulabschluss für ihre Kinder „erkauften". Da im Zeugnis vermerkt werde, an welcher Stelle der Leistungs-Skala ihr Kind in der Klasse stehe, sähen sie sich genötigt nachhelfen.

Im Gesundheitssystem sehe es ähnlich aus. Über den Krankenhäusern stehe in großen Buchstaben „Wir nehmen kein Geld." Die Aussicht, einen guten Arzt zu finden, hänge aber von der Höhe der Zuwendungen ab, die man ihm zukommen lasse. Ärzte lebten vom offiziellen roten und vom weniger offiziellen grünen Einkommen. Wer mitspiele, sei auf der gesunden Seite.

Sie erzählte von den ersten Jahren nach ihrer Heirat. Sie habe sich nach alten, konfuzianischen Moral-Vorstellungen ihrem Mann und den Schwiegereltern untergeordnet. Eines Tages habe sie die abverlangten Gesten der Unterwerfung nicht mehr ertragen und die Scheidung eingereicht. Sie habe nicht länger in Nischen leben wollen, die man ihr zugewiesen habe. Diese Entscheidung habe ihr die Würde zurückgegeben. Sie möchte jetzt einen neuen Partner finden, habe jedoch als geschiedene Frau ihren guten Ruf verloren.

Diese Frau, die uns eine Woche lang auf der Reise in eine für uns weithin fremde Welt begleitete, neigte nicht zu emotionalen Ausbrüchen. Es fiel ihr aber nicht leicht, ihre Tränen zu verbergen.

China ist im Wandel begriffen und auf dem

Weg in die Zukunft eine anerkannte Weltmacht zu werden. Das gilt vor allem im wirtschaftlichen Bereich. Chinesen sind verlässliche Partner. Wenn die Reiseleiterin Recht hatte mit ihren Schilderungen und Erlebnissen, wird es dauern, bis der Wandel angekommen ist im zwischenmenschlichen Bereich und dort Früchte trägt.

Möge der Wandel nicht auf Nebenschauplätzen, nicht in Plan-Feststellungsverfahren, nicht in der Entwicklung schwerfälliger Geschäftsmodelle stecken bleiben. Unsere Reiseleiterin hielt es nicht für undenkbar, dass es so sein könnte. „Auf vielen verantwortlichen Köpfen schimmern weiße Haare." betonte sie vieldeutig.

Unser Eindruck, den wir mit nach Hause nahmen: Die Menschen in China sehnen sich nach Ruhe und Sicherheit. Sie wollen weder mit neuen Ängsten konfrontiert werden, noch Marionetten des politischen Systems sein. Von Bindungen, die ihnen auferlegt wurden und werden, möchten sie befreit werden, nicht nur von gebundenen Füßen.

Serbische Impressionen

„Gastarbeiter" sagten wir, nicht „Leute mit Migrations-Hintergrund". Anwerbeabkommen mit Jugoslawien luden Menschen von dort zu ein, um hier zu arbeiten. Erwartet wurde, dass sie anschließend wieder nach Hause gingen.

Hunderttausende kamen und erhielten teilweise per Handschlag eine Arbeitserlaubnis. Die meisten blieben und wurden hier heimisch. Rakija, Sljivovica, Ćevapčići brachten sie aus ihrer Heimat mit. Die Genüsse entdeckte ich im „Balkan-Restaurant", zunächst skeptisch, mit der Zeit wohlwollend.

Ich war überrascht, dass es eine serbische Sprache und kyrillische Schriftzeichen gab. „Здраво – Hallo." „Добар дан – Guten Tag." Ich tat mich schwer damit und war froh, wenn die Kellner Deutsch sprachen, obwohl sie das auch erst erlernen mussten. Sie hatten in der Regel kein Wort Deutsch im Reisegepäck. Ich lernte, dass man in verschiedenen Sprachen reden und dennoch einander verstehen kann.

Jetzt will man in Europa nicht der „barmherzige Samariter" aus der Bibel sein und winkt stattdessen mit Grenzzäunen und Einreiseverboten. Mauern sollen errichtet werden um westeuropäische Wohlfahrtsstaaten. Abwehr-Gesten. Überlegenheitsgefühle. Wagenburg-Mentalität. Abschiebe-, nicht Willkommens-Kultur. „Da könnte ja jeder kommen."

Brücken-Wächter, nicht Brücken-Bauleute sind gefragt. Asyl-Bewerber sollen zuhause bleiben oder die Heimreise antreten. Nicht heimisch werden, sondern Fremde bleiben im fremden Land. War Multi-Kulti eine Fehleinschätzung, obwohl wir in einer zunehmend multikulturellen, multireligiösen Welt leben?

Am liebsten sagt man „Довиђења-Auf Wiedersehen" bzw. „Auf-Nicht-Wiedersehen" in der Hoffnung, dass bisherige Beziehungen folgenlos bleiben und man sich ohne Skrupel über sie hinwegsetzen kann. Kontakte und Rituale, die sich bewährt haben, werden in Frage gestellt. Wenn sich Betroffene nicht ausweisen können oder wollen bzw. gegen ihre

Ausweisung klagen, sind sie immer noch hier und genießen ein bisschen Wohlstand.

Vor Jahren war das anders. Verwandte und Freunde meiner Familie fuhren im Wohnwagen über den jugoslawischen Autoput, die Transitstrecke nach Südosteuropa, an die jugoslawische Adria-Küste. Bade- und FKK-Urlaub an dortigen Kies-Stränden genossen sie.

Dann überzogen Kriege das ehemalige Jugoslawien. Der Vielvölker-Staat brach auseinander. Aus Jugoslawien wurden Einzelstaaten: Slowenien, Kroatien, Montenegro, Serbien, Bosnien, Herzegowina, Mazedonien, Kosovo. Bisher zusammenhaltende, zusammengehaltene Völker und Staaten zerfielen in Einzelteile. Nationalistische Strömungen gewannen die Oberhand. Politisch brisante Partien – Kosovo gegen Bosnien und Herzegowina – wurden während der Fußball-Europameisterschaft 2016 ausgeklammert. Der serbische Fußballverband legte beim Internationalen Sportgerichtshof in Lausanne Einspruch ein gegen die Aufnahme des Kosovo in die UEFA und FIFA.

Nachbarn wurden zu Feinden, die sich gegenseitig wundrieben. Das Balkan-Restaurant suchte neue Kellner, weil die Kollegen entdeckt hatten, dass ihr langjähriger Chef aus einem feindlichen Nachbardorf stammte. Ausgrenzungen und ethnische Säuberungen bestimmten die Nachrichtenlage und dokumentierten den Bruch mit der Vergangenheit. Längst fälliger Ermüdungsbruch? Aufbruch in bessere Zeiten kündigte er nicht an.

Die Vertrautheit von Kindheitsträumen, das Aroma der Heimat dahin. Das Den Haager UN-Kriegsverbrecher-Tribunal, das Verbrechen gegen die Menschlichkeit und den Völkermord im Bosnienkrieg aufklären soll, wurde zum „Lügengericht westlicher Mächte" erklärt.

Im Kosovo ist Vergleichbares zu befürchten. Ein einstiger Freischärlerführer, den das Haager Tribunal verantwortlich macht für Verbrechen an Serben, Roma und Albanern, will Chef der Regierung werden. Die herrschende Clique um ihn verteilt unter sich das Wenige, was zu verteilen ist.

Serben verstehen sich als Stammhalter des ehemaligen Jugoslawiens. Wiederholt war ich nach Beendigung der Kriegswirren in der serbischen Hauptstadt Belgrad. Serbien ist ein preisgünstiges Reiseziel. Urlauber aus Westeuropa kommen mit wenig Geld aus, weil sie vom günstigen Wechselkurs Dinar/Euro profitieren. Dem gegenüber stehen jene, die an der Armutsgrenze oder darunter leben. Nirgendwo sonst auf dem Balkan erbaten so viele bettelnde und um Hilfe flehende Menschen ein Almosen von mir.

Im Kontrast dazu wiederum die slawische Ess-Kultur. Von ihr hatte ich einen Vorgeschmack bekommen im heimischen Balkan-Restaurant. Hier bestätigte und übertraf sie diesen. Serben essen Fleisch, Mengen von Fleisch. Platten mit Cevapcici, Raznjici, Pljeskavica, Kobasice wurden im Restaurant vor mir aufgetischt. Das derzeitige Modewort „vegan" kann in Serbien nur Schimpfwort sein.

Beim Essen redet man nicht über Politik. Unvorsichtigerweise erwähnte ich eine Zeitungsnotiz über den ehemaligen Serbenführer

Karadžić. Es schallte zurück, man tische auch nicht vergangene Nazi-Gräuel auf. Eindringlich wurde ich daran erinnert, dass Serben das Massaker an Juden und Serben nicht vergessen haben, welches Ungarn und Deutsche unter dem Schutzmantel der Nationalsozialisten verübten. Ereignisse der Vergangenheit werden verschwiegen oder verdrängt.

Mit serbischen „Überlebensregeln" wurde ich vertraut gemacht. Einige hatten zu tun mit slawischer Trinkfestigkeit: „Trinke, rede nicht über Politik, trinke weiter." Von einer guten Slava, einem serbisch-orthodoxen Familienfest zu Ehren eines Familien-Schutzheiligen, geht man nicht nüchtern nach Hause, wird gesagt.

Ähnlich habe sich der „Marschall" verhalten, schlug mein serbischer Gastgeber unversehens politische Töne an und offenbarte, dass er seine Träume nicht geopfert hatte. Er verbarg nicht seine Bewunderung für den ehemaligen Staatsgründer Josip Broz Tito. Er sei Genuss-Mensch gewesen. Daher rühre seine Lebens-Maxime „Politik geht durch den Magen". Titos Lust an gutem Essen beschreibt auch Anja Drulovic in ihrem Buch Titos *Cookbook*. Er habe darauf gesetzt, dass kulinarische Genüsse vertrauensvollen Absprachen zuträglich seien.

Junge Serben, denen ich begegnete, zeigten kein Rundum-sorglos-Gebaren. Sie leugneten nicht die jugoslawisch-serbische Geschichte, wehrten sich aber gegen eine Vergangenheit, die nicht vergehen will. Deren Spuren wollen sie nicht wegzuwischen, sie aber auch nicht zementieren. Sie wollen Barrieren abbauen und Blockaden aufbrechen. Das Autoritätsgetue der eingerosteten Hierarchien, wie es ein Medizin-Student formulierte, und die Realitätsflucht von Personen der ehemals herrschenden Klasse, die keinen Zipfel ehemaliger Macht aus der Hand geben wollen, sollte man ignorieren, sagen sie. Es seien Personen, die immer noch an ihrem Auftrag zur Landesverteidigung festhielten. In Heranwachsenden sähen sie Störenfriede des Vertrauten, die das Land in unvorhergesehene Richtungen lenken wollten.

Viele junge Leute gehen ins Ausland, arbeiten und studieren dort. Sie holen Erkundigungen ein, statt verzerrten und überlieferten Wahrnehmungen, vorgefassten Meinungen und gefilterten Nachrichten zu trauen. Unsagbares bringen sie zur Sprache. Mit Erfahrungen und der Meinungsvielfalt, auf die sie gestoßen sind, kommen sie zurück in die Heimat. Es müsse nicht alles wie früher schmecken, sagte mir jemand, und meinte damit nicht das Essen.

Diese Serben suchen Anschluss an Europa – nicht irgendwann, sondern bald. Sie hoffen auf den EU-Beitritt ihres Landes, damit es der drohenden Bedeutungslosigkeit entgeht. Statt Untergangs-Debatten zu führen und sich Lobpreisungen gestriger Heilsbringer anzuhören, die große Reden schwingen, ohne sich daran messen zu lassen, reden sie über das Leben in Serbien heute. Ihr Ziel ist weder die Balkan-Route nach Westeuropa noch eine Exil-Adresse außerhalb des Landes. Serbische Mut-bürger, nicht Wutbürger sind sie, die etwas bewegen wollen.

„Ich habe mich nie über mich gelangweilt, über andere schon." Die Bemerkung eines deutschen Malers, Grafikers und Bildhauers könnte von jungen Serben stammen. Ein Belgrader Tennisspieler, der die Rangliste im Welttennis anführte, ist ihr Botschafter. Er entspricht ihrem Lebensgefühl.

Ungarn – wie der Zauberwürfel

Auf Ungarn wurde ich aufmerksam, als 1954 beim Weltmeisterschafts-Endspiel in Bern zwischen Deutschland und Ungarn kleine, schwarz-weiße Fernsehbilder über kleine Bildschirme liefen. Eindruck hinterließen bei mir jedoch nicht die ungarischen Fußballer, sondern die deutschen Überraschungs-Kicker, denen ein Sieg nicht zugetraut worden war. Ich war noch zu jung, um meinen Gedanken Nachhaltigkeit verleihen zu können.

Als ungarische Grenzbeamte DDR-Bürgern bei Sopron zur Flucht in den Westen verhalfen, war ich schon wacher geworden für das Land hinter dem „Eisernen Vorhang", dessen Bürger ein mir unbekanntes Leben führten. Ihr „Gulasch-Kommunismus" stieß im Westen auf ein neugieriges Interesse.

Ich wusste nicht, dass die Vorfahren eines gewissen Joschka Fischer 1771 aus Oberschwaben auf „Ulmer Schachteln" genannten kleinen Schiffen Donau-abwärts, dem Strom ihrer Träume, nach Osteuropa aufbrachen, um am westlichen Stadtrand von Budapest ein neues Leben zu beginnen. Dass es Generationen dauern würde, ehe sie sich dort zuhause fühlten, ahnten wenige. Der Aussiedler-Spruch „Dem Ersten der Tod, dem Zweiten die Not, dem Dritten das Brot." öffnet in der aktuellen Flüchtlings-Bewegung die Augen für das, was Menschen auf sich nehmen, wenn sie sich in eine ungewisse Zukunft begeben.

Reisen auf der Donau, die nach Budapest und Ungarn führten, haben mich Ungarn besser sehen gelehrt. Das Ringen um eigene Identität, um Selbstbehauptung und Überleben charakterisieren ein Land, das Jahrhunderte hindurch von fremden Völkern überschwemmt wurde und Überfremdung erfuhr. Mit der Niederlage gegen die Türken im Jahr 1526 in der Schlacht bei Mohács begann eine 145 Jahre andauernde türkische Besatzung, wie die Ungarn es nennen.

1686 kamen die Habsburger. „Gott erhalte, Gott beschütze unsern Kaiser, unser Land. Mächtig durch des Glaubens Stütze führt er uns mit weiser Hand." So sangen sie mit der Kaiserhymne von 1918. Aber sie blieben fremdbestimmt. Erfolglose Unabhängigkeits-Kriege änderten daran nichts. Willkommen waren fremde Mächte, solange man ihre Überlegenheit anerkennen musste. Ihre Seele haben die Ungarn nicht an sie verkauft.

Traumatische Erfahrungen haben sich im Gedächtnis des Volkes eingegraben. Erinnerungen vergehen nicht. Dass sich das auswirkt auf ihre gegenwärtige Weigerung, Menschen ins Land zu lassen, die auf der Flucht sind, ist menschlich betrachtet problematisch. Sich zu rechtfertigen lehnen sie ab. Aus unserer Sicht Perspektiv-Verengung, die auf Verhindern, statt auf Zulassen fixiert ist. Sie macht Landesverteidigung zur Prämisse, statt Grundlagen für ein Zusammenleben zu schaffen und eine offene Gesellschaft zu garantieren.

Eine Reiseleiterin, mit der ich ins Gespräch kam, verteidigte diese Haltung: „Trotz unserer wiederholt verletzten nationalen Würde haben wir die Zeiten-Stürme überdauert. Wir haben die Vergangenheit überstanden, aber nicht nur versehentlich überlebt." Sie hätte auch sagen können: Wir sind bestrebt, wir selbst zu bleiben, ohne andere.

Von ihr erfuhr ich, dass der Budapester Bildhauer und Architekt Ernő Rubik den „Zauberwürfel" mit seinen vielen Facetten erfand. Auch für schwierige Situationen gibt es eine Lösung, ist sein Prinzip. Man muss so oft am Würfel drehen, bis sich das gewünschte Ergebnis herausstellt. Rheinisch-kölnische Mentalität hingegen sagt: „Et kütt, wie et kütt – es kommt, wie es kommt." Man könne nicht unentwegt an alten Gewissheiten festhalten, sondern müsse die Kunst des Kompromisses beherrschen, argumentierte die junge Ungarin. Gesundes Misstrauen gegenüber allzu großer Harmonie solle man hegen. Gleiche Interessen zu haben, müsse nicht bedeuten, miteinander befreundet zu sein. Deshalb habe ihr Volk überlebt, ohne sich auf ängstliche Weise unterwürfig zu machen. Éva fügte es mit unverkennbarem Stolz hinzu.

Ich wollte nicht widersprechen, obwohl ich das geschmeidige Verhalten ungarischer Gastgeber und Politiker, die sich gut auf schöne Worte verstehen, nicht immer verstand. Éva spürte mein Unbehagen und beruhigte mich. Ihr Land sei für Nicht-Ungarn ein kompliziertes und widersprüchliches Land.

Ob sie die unverwechselbare ungarische Sprache mit einbezog? Es fällt nicht leicht, diese Sprache zu erlernen und geschriebene Worte auch aussprechen zu können. Die breit gesprochenen Vokale ziehen die Worte in die Länge. Ungarn haben offenbar ein anderes Zeitempfinden. Das zeigt sich beim Abschiednehmen, wenn es in endlosen Schleifen vonstatten geht und kein Ende nimmt.

„Wie sieht Ihr Volk seine Zukunft?" fragte ich Éva beim Abschied. „Wir machen uns keine unnötigen Gedanken", ihre Antwort. „Es lebt sich für uns leichter in unbeschwerter Unwissenheit." Von Angst getrieben war sie nicht. Sie zeigte wieder ihr triumphierendes, großmütiges Lächeln. Von Sorgenfalten keine Spur. Je nach Lage der Dinge wird sie am Würfel drehen. Kein leeres Ritual, sondern eine Form ungarischer Lebensbewältigung.

Budapest – Nicht nur Weltkulturerbe

Budapest übt eine magische Anziehungskraft aus, auch auf mich. Wenn das Flusskreuzfahrtschiff dort anlegt und ich nach wenigen Schritten mitten in Pest bin, dem Stadtteil auf der linken Donau-Seite, erlebe ich die Wandlungsfähigkeit einer alten und zugleich neuen Stadt.

Nach einem ersten Aufenthalt vor einigen Jahren schrieb ich u. a.:

Budapest wollte ich kennen lernen, nicht alle zwei Millionen Einwohner. Ich hatte mir auch nicht vorgenommen, möglichst wenig Geld auszugeben, um anschließend preiswert nach London oder Paris fahren zu können. Wunderschöne Restaurants und Cafés fand ich, in denen ich gut aß und herrlichen Kuchen probierte.

Auf Schritt und Tritt wurde Geld-umtausch offeriert: Best change, exclusive change, Umtausch no commission d. h. ohne Gebühren. Ob dies auch für die Liebesdienste weiblicher

Schönheiten auf den abendlichen Flaniermeilen zutraf?

Ich bestaunte die Nobel-Karossen vor Nobel-Hotels und die Götter, die sie bestiegen. Ob sie auch einen Blick auf Hauseingänge und Parkbänke warfen, wo diejenigen kampieren, die in Europas Hauptstadt der Obdachlosen auf der Strecke geblieben sind? Die Pracht der Stadt ist die eine Seite, das Schicksal der Obdachlosen eine andere.

Weil ich zu Fuß war, habe ich die Stadt erlebt, nicht nur gesehen. habe ich nicht alles habe ich entdeckt. Es gibt Besucher, die vormittags drei Stunden „Sightseeing-Tour of the City" absolvieren und nachmittags den Stephansdom in Wien besichtigen. Zu Fuß ist das nicht möglich. Ich machte Sicht-Pausen, Essens-Pausen, Trink-Pausen. „Bittääsäär", sagte die Kellnerin, die mir den Espresso brachte. „Dankääschöön" hätte ich am liebsten geantwortet.

Ähnlich wie in Wien gab es eine Kaffeehauskultur. Kaffeehäuser wurden zu kommunistischen Zeiten verstaatlicht und umfunktioniert.

Sie verschwanden oder wurden vernachlässigt. Man hatte nichts gegen Kaffee und Kuchen, aber viel gegen Schriftsteller, Dichter und Journalisten, die sich dort trafen.

Das „Gerbeaud" hatte wieder geöffnet - die Atmosphäre vornehm, der Kuchen exzellent, die Preise für meinen Geldbeutel utopisch. Kaffee ist ein köstliches Getränk. Osmanen haben die Kunst des Kaffeekochens nach Ungarn gebracht. Das scheint in vieler Hinsicht lange her zu sein.

Judapest nannte ein Wiener Bürgermeister die Stadt. Zweihunderttausend Juden wohnten vor Beginn des Zweiten Weltkriegs in Budapest. Das weltoffene Klima, die Möglichkeit Eigentum zu erwerben und einen Beruf auszuüben lockte viele an. Pulsierendes Leben herrschte im jüdischen Viertel, der Elisabethstadt, hatte ich gelesen. Es gab jüdische Cafés, Bars und Theater.

Dann kamen der Krieg und der Holocaust. Sechzigtausend Juden wurden in ein Ghetto zusammengetrieben, die Überlebenden im

Januar 1945 von der Roten Armee befreit. Häuser und Läden wurden verstaatlicht. Viele Juden emigrierten ins Ausland oder zogen in andere Stadtteile.

„Marod charmante und quirlige Straßen", steht in einem Reiseführer. Ich konnte nachvollziehen, dass sich Touristen mit Hochglanz-Erwartung nicht nach hier verirren. „Wonderful Budapest" suchen sie woanders. Ich ahnte, dass die Elisabethstadt in Gefahr ist, wenn alte Häuser abgerissen und gewachsene Strukturen zerstört werden, um Appartementbauten und Parkhäusern Platz zu machen. Ich verstand, dass Budapester auf die Barrikaden gingen, als Bagger die ehemalige Silberschmiede niederwalzten.

Das andere Budapest hatte mich eingeholt. Das Holocaust-Denkmal mit dem metallenen Weidenbaum, auf dessen Blättern Namen jüdischer Märtyrer eingraviert sind, erinnert an das, was geschehen ist. An der Totenwand las ich vertraute Namen: Kohn, Roth. Herzfeld, Kaufmann, Herzog. Kein Touristen-Budapest.

Wer Rahm will, muss die Kuh füttern, sagt ein Sprichwort. Budapest braucht Geld und ist froh, wenn alle kommen. So auch die russische Delegation, die im Hotel in separaten Räumen logierte und hofiert wurde, obwohl die russischen Gäste, was ihr Auftreten betraf, nach Stadtranderholung aussahen. Kistenweise, Papiertütenweise schleppten sie Tokajer-Flaschen durch die Hotel-Halle.

Gut, dass sich niemand ans Jahr 1956 erinnerte, als die Stadt Ausgangspunkt des Ungarischen Volksaufstands gegen die russischen Brüder war. Glücklich, wer vergisst - wie Engländer, Amerikaner. Deutsche. 1944 wurde die Stadt durch Bombenangriffe schwer beschädigt. Sowjetische und deutsche Streitkräfte sprengten die Brücken über die Donau. Jetzt verbinden sie die beiden Stadtteile Buda und Pest wieder.

Oft war ich inzwischen wieder vor Ort. Die Innenstadt hat die Kriegsspuren beseitigt. Breite Fußgänger-Zonen ermöglichen Auto-freies, angenehmes Flanieren. Die Besucher-Zahlen sind weiter gestiegen. Die „Königin der Donau", das „Venedig des Nordens", das „Paris des Ostens", die „Perle an der Donau" lockt alle an. Nicht immer zum Vorteil. Die Váci utca, einstige Handelsstraße und jetzige Prachtmeile, droht zur Sonderangebot-Meile zu verkommen. Dass Mode aus Italien und exklusive Uhren aus der Schweiz angeboten werden, mögen Kenner wissen – überlagert werden die teuren Artikel von Fastfood-Burgern, Billig-Mitbringseln, Massage-Salons, die ihre Klientel mit Handzetteln zum Eintritt bewegen. Auf der Andrássy út, bekannte Boulevardstraße, fand bei meinem letzten Aufenthalt ein Autorennen statt.

Die jüdische Vergangenheit der Stadt spielt bei den Angeboten zur Stadtführung kaum eine Rolle. Neben „Stadtrundfahrten", „Budapest bei Nacht", „Markthallen-Besichtigung" werben angebliche Insider für „Privaten Eintritt zum Gellert Spa mit optionaler Massage", für „Donau-Flussfahrt inklusive Abendessen", für die „Hop-on-Hop-off-Tour" durch die Stadt. Alles Animier-Programme.

Dass am Donau-Ufer, 300 Meter südlich des Parlaments, sechzig eiserne Schuh-Paare aufgereiht sind, erwähnt kein Reiseführer. Der Künstler Gyula Pauer hat sie ans Ufer gestellt – als Erinnerung und mahnendes Denkmal. Viele tausend Juden wurden gegen Ende des Krieges an der Donau erschossen und in den Fluss geworfen, der die Leichen fort trug. Vor ihrem Tod mussten Männer, Frauen und Kinder die Schuhe ausziehen; die hatten einen Wert.

Ist man der Vergangenheit nicht gewachsen? Fürchtet man Wiederholungstäter? Glücklich ist, wer vergisst.

Viele Gebäude und Stadt-Ansichten stehen auf der Weltkulturerbe-Liste. Sie wurden aufwändig restauriert und ansehenswürdig gemacht. Was nicht auf der Liste erscheint, ist trotzdem erwähnenswert. Die Fähren beispielsweise, die nicht nur Waren transportieren, sondern Einheimischen und Gästen ermöglichen, für 750 Forint /2.50 Euro die Stadt aus anderer Perspektive zu betrachten. Dass Senioren ab ihrem 65. Lebensjahr kostenfrei mitfahren, wissen viele Touristen nicht.

Russische Gäste sind weniger zahlreich in der Stadt sicht- oder hörbar, obwohl der aktuelle ungarische Regierungschef nicht uninteressiert auf die ehemaligen politischen Un-Brüder im Osten schaut.

Die Russen scheinen den Asiaten Platz gemacht zu haben, denen man immer noch nachsagt, dass sie vormittags die Budapester Fischer-Bastei fotografieren und nachmittags vor dem Eingang zum Wiener Stephansdom Schlange stehen. Wer von so weit her angereist ist, für den sind 245 Autobahn-Kilometer zwischen den beiden Metropolen Budapest und Wien offensichtlich ein Katzensprung.

Rumänischer Appell

Die Unruhen in Rumänien lassen mich nicht unberührt. Bei Reisen auf Flusskreuzfahrt-Schiffen war ich wiederholt in Bukarest. Ich weiß von rumänischen Hausangestellten bei uns. Ich habe rumänisches Personal in hiesigen Krankenhäusern erlebt. Rumänien liegt nicht „weit hinten auf dem Balkan", sondern ist präsent in unserem Nahbereich.

Dass Peter Maffay auf rumänien-deutsche Herkunft blickt, Literatur-Nobelpreisträgerin Herta Müller und der amtierende rumänische Präsident Klaus Johannis einer deutschen Minderheit in Rumänien entstammen, sollte hellhörig machen für das, was in Rumänien geschieht.

Rumänen gelten als „şmecher", schlitzohrig. Man könne alles erledigen mit Bestechung, wird unterstellt. Korruption habe mit einer Mentalität zu tun, die man von den Türken übernommen habe, verteidigen sich Rumänen. Das Wort „Korruption" entstamme der türkischen Sprache.

Unser Rumänien-Bild ist negativ geprägt.
Berichte und Reportagen in den Medien tragen
dazu bei.

Etwa die Hälfte der rumänischen Bevölkerung
lebt in Siebenbürgen. Das kulturell und wirtschaftlich aufblühende Siebenbürgen mit funktionierendem Sozialgefüge und der europäischen Kulturhauptstadt 2007 Sibiu (Hermannstadt) ist nicht identisch mit dem Rumänien der
Großen Walachei. Sie ist rumänisches Armenhaus, ausgenommen die Hauptstadt Bukarest.
Dort regt sich jener Geist, der die Menschen
wie zum Ende der Ceaușescu-Ära auf die
Straßen treibt und Verwandte und in Unruhe
versetzt. Dort, wo Unsicherheit beherrschendes
Lebensgefühl ist, hofft man gehört zu werden.

Im Grunde widerspricht Unmut der rumänischen Lebensmaxime, das Schicksal anzunehmen. Die Tugend der Zurückhaltung wird
hoch gehalten. „Ein geneigtes Haupt schlägt
man nicht ab", sagt ein rumänisches Sprichwort, nicht gleich zu setzen mit nachhaltiger
Sanftmut gegenüber allen Übeln und schweigendem Herumstehen. Bekannt sind Rumänen

für ihren derben Humor, mit dem sie z. B. ihr Verhältnis zur Obrigkeit umgangssprachlich mit „Zur Toilette gehen" formulieren, wenn sie „dem Bürgermeister die Hand geben" müssen. Nichts ist so niederschmetternd und frustrierend, dass es nicht ironisch kommentiert werden kann.

Die Protestwelle richtet sich nicht dagegen, dass etwas nicht perfekt ist im Land. Rumänen sind dankbar, wenn etwas funktioniert. Eine perfektionistische Gesellschaft der Alles-richtig-Machern, in der jeder unter Stress steht, ist nicht erstrebenswert. Sie wollen nicht Panik verbreiten oder in Geschichtsbüchern erwähnt werden, aber dennoch nicht unbemerkt bleiben.

Sie suchen die Kommunikation, nicht die Konfrontation. Sie kämpfen gegen ihre Wehrlosigkeit und streiten für etwas, das ihnen vorenthalten wird, nämlich mündige Mitglieder der staatlichen Gemeinschaft sein zu können.

Ein Artikel in DER SPIEGEL (Juli 2015) nennt folgende Arbeitsteilung in Westeuropa: „Wo keine gebildeten Kräfte, sondern Ungebildete und Kräftige gebraucht werden, rufen Arbeitgeber nach Rumänen. Ohne Rumänen stünden Schlachthofbetreiber allein mit ihren Schweine-Hälften da. Den deutschen Bau- und Ausbauboom könnte man vergessen ohne Rumänen." Die ernüchternde Folge-These: „Abhauen von zu Hause ist das Rumänischste, was man machen kann."

Auf Schiffen treffe ich junge Leute aus Bulgarien, Rumänien, Ungarn, Serbien. Sie genießen auf meist komfortablen Schiffen mit einem komfortablen Preisniveau keine Wohlfühltage, sondern verrichten Dienste gegen ein vermutlich weniger komfortables Entgelt. Sie werden nicht mit Wohltaten überhäuft, lassen das aber in der Regel klaglos über sich ergehen.

Dass sie eine gerechtere Perspektive für ihr Leben wünschen und dieses nicht nur als enttäuschende Mühe erfahren wollen, verstehe ich. Diese Perspektive erhoffen sie sich vor allem und zunächst bei sich daheim, wo Positives meist nur hinter tiefen Gräben gedeiht. Sie erleben eine rumänische Gesellschaft im Krisenmodus.

ZEIT ONLINE (1. Juli 2016) berichtet von philippinischen Nannys, die bei reichen Rumänen begehrt seien, weil sie als streng katholisch, fleißig und treu gelten. Während rumänische Niedriglohn-Arbeiter in Deutschland arbeiten, holen sich reiche Rumänen Haushaltshilfen von den Philippinen. Hinter der glänzenden Fassade verstecke sich oft die Geschichte von Ausbeutung und Missbrauch. Zu der Entwicklung habe ein rumänischer Ministerpräsident beigetragen, der zugab, eine "fleißige Philippinin" als Nanny für seine Kinder zu beschäftigen. Frauen als Gastarbeiterinnen in einem Land der ausgewanderten Gastarbeiter, beklagt der Bericht.

Korruption ist weder ein rumänisches noch ein türkisches, sondern weltweites Problem. Mich schrecken obige Meldungen auf. Sie zwingen darüber nachdenken, was jeder tun kann, damit es gerechter und menschenwürdiger zugeht.

Die Menschen in Rumänien möchten die Selbstverständlichkeiten des Alltags erfahren, nicht nur eine kurzfristige Befriedung der Verhältnisse. Ihren Appell richten sie nicht an

Heiler und Schamanen, sondern an uns. Den Glauben an die Mächte des Guten haben sie nicht aufgegeben.

Möge es ihnen nicht ergehen wie den Kassandra-Rufen in der griechischen Mythologie. Kassandra, Tochter des trojanischen Königs Priamos, empfing vom Gott Apollon die Gabe des Vorhersehens. Der Fluch des Apollon, dessen Liebe sie verschmähte, hatte zur Folge, dass ihren Rufen niemand folgte.

Eine deutsche Schule in Bulgarien

HERZLICH WILLKOMMEN

Liebe Gäste, das ist die Startseite der
FRIEDRICH - SCHILLER - DEUTSCHE
SCHULE in Ruse/Bulgarien

Diese Information entdeckte ich im Internet.
Eine bulgarische Reiseführerin, die unsere
Reisegruppe durch Ruse am bulgarischen Ufer
der Donau führte, hatte mich auf die Schule
aufmerksam gemacht. Ich nahm Kontakt auf,
freute mich über die positive, schnelle Rückmeldung und lernte vor Ort Frau Pepa Balkova
kennen, die sprachgewandte Konrektorin der
Schule. Wir trafen uns in einem Café in der
Innenstadt von Ruse, das sich „Klein Wien"
nennt wegen der vielfältigen kulturellen Einflüsse der österreichischen Hauptstadt. Auch als
Barock-Juwel wird es gerühmt.

Die Schule versteht sich in der Tradition des
von der Lehrerin Anna Winter 1883 gegründeten Handels-Gymnasiums, das später als
„Deutsche Schule" bekannt wurde. Nach der

politisch begründeten Schließung 1944 wurde 1992 die jetzige Schule eingerichtet. 2008 feierte sie ihr 125. Jubiläum mit Gästen aus Deutschland und Bulgarien. Deutsch wird als erste Fremdsprache unterrichtet, und zwar in allen Jahrgangsstufen von der 1. bis zur 12. Klasse. Englisch ist zweite Fremdsprache von der 5. bis 12. Klasse. Der Unterricht verläuft, wie Frau Balkova betont, auf hohem Niveau mit qualifizierten Lehrkräften.

In der Leistungsklasse wird motivierten Schülern eine zielgerichtete Vorbereitung auf die Prüfung zum Erwerb des Deutschen Sprachdiploms ermöglicht. Das Diplom berechtigt zum Studium in deutsch-sprachigen Ländern. Viele Schüler studieren im Ausland, vor allem in Deutschland. Einige deutsche Schulen pflegen Kontakte zur Schule in Ruse und nehmen an gegenseitigen Austausch-Programmen teil.

In einem Grußwort schrieb Ivaylo Kelfin, Vizekanzler und Außenminister der Republik Bulgarien, zur Jubiläumsausgabe anlässlich des 125. Jahrestages der Deutschen Schule in Russe:

„Das Jubiläum ist Anlass, zu den gemeinsamen Wurzeln der europäischen Kultur zurückzukehren, welche die nicht verwelkenden Werte von Goethe, Schiller, Wazov und Stoyanov hervorgebracht hat. Die Sprache spielt eine Schlüsselrolle bei der Kommunikation in der modernen Familie Europas im 2. Jahrhundert. Dazu trägt auch die Wirkung der Donau bei. Der große Fluss ist Lebensader Europas. Er war und ist ein Grundfaktor und eine gute Möglichkeit zur dynamischen Entwicklung der wirtschaftlichen, kulturellen und wissenschaftlichen Zusammenarbeit."

Die Begegnung mit Frau Balkova hat mein Interesse geschärft für das verkannte Land auf dem Balkan, das wir überwiegend als preisgünstiges Urlaubsland betrachten. Kunst- und Kultur-Interessierte kennen Bulgarien als Land der mehr als zwei-hundert orthodoxen Klöster. Andere denken an Christo, den bulgarischen Verpackungskünstler, der sich in Deutschland einen Namen machte mit der Verhüllung des Berliner Reichstags.

Ein Wesensmerkmal, das mir die Menschen in

Bulgarien sympathisch macht, verrät ein bulgarisches Sprichwort: „Nimm einen großen Bissen, aber sprich kein großes Wort."

Nicht allen ist bekannt, dass Ruse Geburtsstadt des Literatur-Nobelpreisträgers Elias Canetti ist. Dieser beschreibt in seinem Buch „Die gerettete Zunge" u.a. seine Kindheitserinnerungen:

„Rustschuk (türkischer Name der Stadt, die 1878 bulgarisch wurde), wo ich zur Welt kam, war eine wunderbare Stadt. Wenn ich sage, dass sie in Bulgarien liegt, gebe ich eine unzulängliche Vorstellung von ihr, denn es lebten dort Menschen der verschiedensten Herkunft. An einem Tag konnte man sieben oder acht Sprachen hören. Es gab Griechen, Albanesen, Armenier, Zigeuner. Vom gegenüber liegenden Ufer der Donau kamen Rumänen. Meine Amme war Rumänin. Es gab vereinzelt auch Russen. Als Kind hatte ich keinen Überblick über die Vielfalt, aber ich bekam ihre Wirkung zu spüren."

An die Vielfalt von Kulturen und Sprachen will

Ruse wieder anknüpfen. „Wir sind Bildungsstadt", betonte die erwähnte bulgarische Reiseführerin. Sie verschwieg nicht die Misere des gegenwärtigen Bildungssystems: Ein Maßstab für die Leistungsfähigkeit dieses Systems sei das Gehalt der Lehrer, das ca. 220 Euro im Monat betrage. Universitäts- und Schulabschlüsse seien käuflich. Berufe, für die ausgebildet werde, brauche niemand.

Dass die deutsche Sprache einen hohen Stellenwert hat, mag mit Elias Canetti zu tun haben. Seine Eltern unterhielten sich in Deutsch, wenn das, was sie sich zu sagen hatten, nicht für die gespitzten Ohren ihres Sohnes bestimmt war. Der aber hörte zu und prägte sich alles ein, ohne den Sinn dessen zu verstehen, was er hörte. Es war eine ungewöhnliche Begegnung mit einer Sprache, in der sich die Eltern vor ihm verbergen wollten. Vielleicht ließ ihn die Erfahrung mit dieser „Geheimsprache" zum deutschsprachigen Dichter werden.

In Ruse besteht ein „Verein für bulgarisch-deutsche Freundschaft". Über dessen Ziele und Aufgaben schreibt die Broschüre „Die deutsche Schule in Russe":

- die guten, freundschaftlichen Beziehungen zwischen Bulgarien und Deutschland aufrechterhalten und weiterentwickeln

- dafür sorgen, dass alle guten Traditionen in den Beziehungen zwischen den beiden Völkern bestehen bleiben

- besseres Kennenlernen der Länder, der Menschen, der Geschichte und Gegenwart der beiden Länder fördern

Ich bin froh, auf die deutsche Schule in Ruse aufmerksam geworden zu sein. Wir müssen mit Bulgarien und seinen Menschen im Gespräch bleiben, ohne ihnen unsere Agenda vorzugeben. Wir müssen uns aber nicht vor dem Klang der deutschen Stimme fürchten. Wir dürfen nicht „Nemzite – Stumme" bleiben. So nannten Bulgaren die Deutschen im 9. Jahrhundert, weil diese kein Bulgarisch verstanden. „Немски език – Nemski-Sprache" nennen Bulgaren immer noch die deutsche Sprache.

Ich sage den Bulgaren До скоро - Bis bald.

Bitte schön

„Bitte schön, mein Herr. Was darf ich Ihnen bringen?" Ich habe nichts bestellt, finde es aber angenehm, dass sich Denys und die anderen Stewarts im Restaurant und auf dem Sonnendeck des Flusskreuzfahrtschiffes um mein Wohl und das der Mitreisenden kümmern.

„Bitte schön" kommt Denys leicht über die Lippen, obwohl „Deutsch" nicht seine Muttersprache ist. Denys kommt aus Odessa. Seine Kolleginnen und Kollegen haben deutsche oder österreichische, slowakische oder tschechische, türkische oder slowenische, rumänische oder bulgarische Reisepässe. Marc telefoniert in der Mittagspause mit Frau und Tochter im philippinischen Manila, die hoffen, dass er bald einen Heimflug buchen kann. Tausende Kilometer sind sie voneinander getrennt. Wenn sie telefonieren, lauschen sie dem vertrauten Klang ihrer Stimmen.

Deutsche Reisende erwarten, dass Deutsch gesprochen und Deutsch verstanden wird, auch wenn sie nicht in Deutschland unterwegs sind, sondern auf der Donau, quer durch Südeuropa, vorbei an verschiedenen Ländern, auf dem Weg zum Schwarzen Meer. Deutsche Touristen wollen die Tasse Kaffee und das Glas Bier in Euro zahlen. Es gibt aber auch Forint, Lei, Dinar – für Ungarn, Rumänen, Bulgaren und Serben auch Ausdruck ihrer Identität.

Miro ist Slowake. Seine Aufgabe an Bord ist eine andere: Er fungiert als Unterhaltungskünstler, Bordmusiker. Und er ist Kumpel. Miroslav nennt ihn niemand, er sich auch nicht. „Sehr geehrte Damen und Herren, liebe Gäste." Miro weiß sein Publikum anzusprechen und zu motivieren, auch dann, wenn seine Fans sich nicht vom Büffet im Restaurant trennen können. Miro bittet zum Abendprogramm in die Lounge. Die schönsten Tage sind die Nächte. Miro weiß, wie das gemeint ist. Feierabendgestresster Mensch ist er dennoch nicht.

Geboren wurde er als Tschechoslowake in dem Jahr, als die Bundesrepublik und die Tschechoslowakei das Münchner Abkommen von 1938 für nichtig erklärten. Das Sudetenland wurde damals dem Deutschen Reich einverleibt.

Wir haben uns getrennt", sagt Miro. Gemeint sind Tschechen und Slowaken, die seit 1993 getrennte nationale Wege gehen. Kein Unterton in der Stimme verrät, was er davon hält. Der Donau-Raum ist und war Raum politischer und sozialer Umwälzungen und Trennungen.

Auch er hat sich getrennt – von der Sängerin, die sich in seiner Band engagiert hatte und seine Frau wurde. Er wünscht ihr alles Gute; er hat positiv Abschied von ihr genommen. Nicht allen gelingt das. „Steh auf, das Leben geht weiter", hat Mama gesagt. „Auf Regen folgt Sonnenschein", ergänzt Miro. "Mama" hat einen warmen Klang. Mama bedeutet ihm viel. Mama wartet auf ihn. Mama und Miro freuen sich, wenn sie sich wieder umarmen können. Miro hat bald Urlaub.

Sechs Jahre studierte er am Konservatorium Kontrabass und Klavier. Ein Kontrabassdiplom erwarb er. Musik wurde ihm in die Wiege gelegt. Seine Familie blickt auf eine musikalische Tradition zurück. Miros Opa spielte mit einer Band u. a. auf Hochzeiten. Miro begleitete ihn.

Dann kam die Zeit, dass Miro mit eigener Band unterwegs war. Deutschland bereiste er von der Ostsee bis nach Bayern. Miro lernte Länder und Menschen kennen. Er vermittelte etwas von sich und nahm etwas von ihnen an. Sein Erfolgs-Rezept.

Die Zeit wird kommen, Neues zu beginnen, sagt er. Miro ist Realist und ist sich sicher zu spüren, ob oder wann sein Verfallsdatum erreicht ist. „Wenn ich merke, es geht nicht mehr, höre ich auf." Das klingt glaubhaft, weil er nicht einfach die Windrichtung wechseln wird. Miro kennt seine Grenzen und seine Möglichkeiten. Er will sich nicht überfordert fühlen. Musik wird er nicht studieren, kein Superlativ-Musiker werden.

Jetzt geht er von Bord, nicht zum Müßiggang oder zum harmlosen Zeitvertreib. Er stellt sich neuen Herausforderungen, die man ihm anbietet. Unter Großmannssucht leidet er nicht.

Die Crew, die Fans, alle werden ihn vermissen. Miro hat sich um ihr Wohlergehen verdient gemacht. Nicht bei jedem fragt man sich, ob man ihn in Erinnerung behalten muss. Bei Miro ist es anders. Er gehört nicht zu jenen, von denen man sich gern verabschiedet. „Bitte schön, Miro, vergiss uns nicht." Alle wünschen ihm Gutes, Durchhaltevermögen und einen langen Atem. Die Bühne und die Menschen sind Miros Leben.

Stewarts aus vielen Ländern bilden die Crew. Eine Mannschaft sind sie, nicht „Ich" und „Andere". Sie profilieren sich nicht auf Kosten anderer. Mit unterschiedlichen Temperamenten gehören sie zusammen, zumindest so lange, bis sie jene wieder in die Arme schließen, die auf sie warten.

.

Feuerland – am Ende der Welt

Seit einer Woche waren wir unterwegs. Unser Schiff hatte die faszinierende, unendlich groß erscheinende Fjord-Landschaft Süd-Chiles durchfahren. Jetzt warteten 1600 Passagiere auf Ushuaia, südlichste Stadt der Erde, Hauptstadt des argentinischen Teiles von Feuerland, an der Südseite der Großen Feuerlandinsel am Beagle-Kanal gelegen.

Feuerland. Inselgruppe an der Südspitze Südamerikas, vom Festland getrennt durch die Magellanstraße. Der portugiesische Seefahrer Ferdinand Magellan war 1520 vom Atlantik aus unterwegs zu der indonesischen Inselgruppe der Molukken, den Gewürzinseln. Auf der Fahrt durch die von ihm entdeckte Magellanstraße sahen er und seine Begleiter vom Schiff aus den Schein von Lagerfeuern an Land. Tierra del Fuego, Feuerland, sagten später die Spanier. Seit 1881 ist Feuerland aufgeteilt zwischen Argentinien und Chile.

Jetzt waren wir dort. Viele Amerikaner, etliche Kanadier und Australier, etwa einhundert deutsch sprechende Touristen waren an Bord. Wir wollten nicht wie die Spanier damals Jagd auf holländische, britische und französische Freibeuter machen. Wir befanden uns auf einer Urlaubsreise.

Am frühen Morgen landeten wir an der Kaimauer von Ushuaia. Jeder suchte einen guten Platz an der Reling. Das also war sie: südlichste Stadt der Erde, eingerahmt von Meer und Gletschern, Bergen und Wäldern. Beim Bummel durch die Hauptgeschäftsstraße, der San-Martin-Straße, lockte ein großes Warenangebot. Meine Geldbörse sagte „Nein". Da fast alle Waren über weite Strecken nach hier transportiert werden, gilt Ushuaia als eine der teuersten Städte Argentiniens und Südamerikas.

Wir wollten nicht nur Waren beobachten, die angeboten wurden, sondern die Stadt und ihre Umgebung erkunden. Es ging um Eindrücke und darum festzuhalten, was jeden persönlich bewegte. Auch München oder Hamburg kann man nicht in ein paar Stunden erkunden.

Ich war gespannt auf die Tierra del Fuego, den

Feuerland-Nationalpark, obwohl ich nicht die 60.000 ha große Fläche erkunden wollte. Das Schutzgebiet im Südosten der Insel liegt knapp zwanzig Kilometer von Ushuaia entfernt. Als wir den „Park" durchfuhren, war ich sprachlos. Die Buchten von Lapataia und Bahia Ensenada, die Laguna Negra, der Rocca-See – zuweilen sah ich mich in die oberitalienische Seen-Landschaft versetzt. Das Schutzgebiet für den subarktischen Wald und für das Ökosystem der Patagonischen Anden hinterließ überwältigende Eindrücke.

Um mich herum klickten Kameras. Ich fand kaum Zeit. Ich war am „Ende der Welt", von Europa aus gesehen. Für mich war es die Aufforderung, mein Weltbild zu überprüfen. Wo war Norden, wo Süden? Vieles von dem, was „weit hinten" lag, musste ich nach „vorn" rücken, zumindest in Gedanken. Die Reise hätte hier für mich enden müssen, um die Neuordnung wirken zu lassen.

Die Fahrt ging weiter. Meine neue Sicht der Dinge musste ich auf morgen verschieben.

Jerusalem 1965 – Ein Brief

Heute Nachmittag verlassen wir die Casa Nova, unsere Unterkunft im jordanischen Teil Jerusalems, und werden am Mandelbaum-Tor die Grenze nach Israel passieren. Es ist Kontrollstelle zwischen dem israelischen und jordanischen Sektor.

Da ich vor einiger Zeit im zweigeteilten Berlin war, kann ich mir vorstellen, was dies für die Menschen bedeutet, die hier leben. Wie in Berlin verläuft mitten durch die Stadt eine Mauer. Wenn wir in der Casa Nova aus dem Fenster blickten, fiel der Blick auf die Mauer. Der jordanische Reiseführer dürfe es nicht erklären, betonte er hinter erhobener Hand. Er tat es dennoch: Der israelische – das Wort „Jude" vermied er – Kaufmann Mandelbaum habe hier ein Haus gebaut für seine Familie mit den zehn Kindern.

In den vergangenen Tagen gab es ein anstrengendes Programm. Wir waren in Bethlehem und von dort mit dem Taxi nach Jerusalem gefahren. Taxi-Fahrten sind preiswert. Für die

350 km lange Tour zahlten wir neunzig DM, pro Person achtzehn DM. Fünf Insassen, dazu der Fahrer, machten aus der Fahrt kein Luxus-Erlebnis. Für den Chauffeur war es ein Jahrhundert-Ereignis, fünf Studenten aus Germany zu befördern. In seinem arabischen Deutsch-Englisch machte er auf jede Wasserpfütze am Straßenrand, oft nur Feldwegränder, aufmerksam. „Wasser teuer". Das verstanden wir. Das ausgetrocknete Land bestätigte seine Hinweise.

Ob die Pfützen-Rinnsale in irgendeiner Weise genutzt werden? Bei der Reise-Vorbereitung hatte ich gelesen, in der Nähe von Beerseba in der israelischen Negev-Wüste gebe es Berieselungsanlagen, die weite Obstplantagen bewässern. Wir fragten uns, warum das dort möglich ist, hier dagegen sehnsüchtig und vielleicht untätig auf jeden Regentropfen gewartet wird.

Ich erwähne noch, dass ich vor einigen Tagen einen ehemaligen Mitstudenten traf. Die Freude über das unvermutete Wiedersehen war groß. Kurzfristig vereinbarten wir einen Ausflug zu einem Kloster in der Salzwüste am Toten Meer.

Am Sonntagmorgen brachen wir auf. Mein Bekannter fuhr eine Vespa; ich stieg auf den Sozius. Wir fuhren nicht schnell und kamen nicht weit, weil die Straßen aus Geröll und Sand bestanden. Wir stellten die Vespa an einem Zelt ab und machten uns zu Fuß auf den Weg.

Der Weg wurde zur Strapaze. Es war heiß; weit und breit kein Grashalm und kein Baum, der Schatten hätte spenden können. Im Kloster mussten wir eine lange Rast einlegen. Wir warteten, bis die größte Hitze vorüber war. Abends fiel ich todmüde ins Bett. Die großen Temperatur-Unterschiede zwischen Tag und Nacht machen mir zu schaffen.

Fast alle aus unserer Reisegruppe sind erkältet. In der Stadt ist es bedeutend kühler als in der Wüste. Morgens kann man einen Mantel vertragen; nachmittags beginnt es gegen 16 Uhr empfindlich kühl zu werden. Aber es ist März; daheim ist es auch nicht wärmer.

Gestern habe ich für sechzig Pfennige eine deutsche Zeitung gekauft und einen Bericht über das Fußball-Länderspiel Deutschland gegen Italien entdeckt. Die hiesigen Zeitungen sind momentan deutschfeindlich eingestellt, weil die Bundesrepublik Deutschland diplomatische Beziehungen mit Israel aufnehmen will. Ihr könnt euch nicht vorstellen, wie verhasst Juden sind. Würden wir öffentlich erklären, dass wir zu ihnen unterwegs sind, würden die Leute nicht nur ihr Befremden äußern. Daher hüten wir uns vor jeder Art Brandbeschleuniger und suchen nach Ausreden, wenn wir nach unseren Reiseplänen gefragt werden. Ob man uns Verabredungen mit Bekannten von Bekannten glaubt, kann ich mir nicht vorstellen. Man ahnt, wohin unsere Reise geht.

Diplomatie sei die Kunst, für sein Vaterland zu lügen, habe ich gelesen und den Satz nicht verstanden. Hier beginne ich ihn zu begreifen. Es fällt nicht leicht, die Widersprüche und Feindseligkeiten zu verstehen. Oft wissen wir nicht, was wem warum gefällt oder nicht gefällt. Wenn wir falsche Realitäten vorgaukeln, bleibt der persönliche Ehrenkodex auf der Strecke.

Unsere Reisegruppe dagegen findet überall herzliche Aufnahme. Wenn wir Leute treffen, werden wir gefragt, ob wir aus Germany kommen. Andererseits sind die Händler sehr aufdringlich. Sie ziehen uns förmlich in ihre Geschäfte, um etwas zu kaufen. Sie gehen wohl davon aus, dass wir genug Geld in der Tasche haben, und trauen uns alles Mögliche zu.

Morgen werden wir im israelischen Teil Jerusalems sein. Wir freuen uns darauf. Vielleicht gibt es doch einmal Friede für Menschen, die guten Willens sind.

1984 im Sowjetischen Baltikum

Wir waren mit der GTS FINNJET, dem damals größten Fährschiff der Welt, von Travemünde nach Helsinki gereist. Die Speiseangebote und das skandinavische Buffet an Bord übertrafen alle Erwartungen. Nach dem Frühstück im Hotel ging es zur Fähre MS GEORG OTS, die uns Studienreisende nach Reval bringen sollte.

Ich weiß nicht, ob alle Mitreisende jenen „unvergleichlichen Anblick Revals von der Seeseite her" genossen haben, der in einer „landeskundlichen Einführung über das Baltikum" (E. Thomson, Frankfurt 1972) den Reisenden noch verwehrt war und die „den Umweg über Leningrad" nehmen mussten. Vor uns lag am frühen Nachmittag die Silhouette Tallinns, der alte dänische Name für Reval, vor uns, überragt vom Domberg mit der Marienkirche.

Viele Marienkirchen hat das „Marienland" Estland. Ein Papst erklärte 1215 Estland und Livland zum Land der Gottesmutter. Dass die Evangelisch-Lutherische Kirche Estlands für das Jahr 2015 eine Themenreihe „Maarjamaa 800", Marienland 800, ausrufen würde, war zum damaligen Zeitpunkt nicht vorstellbar. Estland war seit 1940 Unionsrepublik der Sozialistischen Sowjetrepubliken. Vergangenes wurde so weit wie möglich gelöscht. Einiges offenbarte sich dennoch im Sprachgebrauch unserer sowjetisch-estnischen, russisch programmierten Reiseführerin: „Die Domkirche ist", sie korrigierte sich, „die Domkirche war der Jungfrau gewidmet."

Das gotische Gesicht der Altstadt ist hervorragend restauriert. Wir stehen vor dem einzig erhalten gebliebenen mittelalterlichen Rathaus der Sowjetunion. Wir staunen über die Domkirche mit den Grabdenkmälern schwedischer Feldherren, mit den Hänge-Logen der alten Adelsfamilien und dem Monument des russischen Weltumseglers Iwan Krusenstern.

Fremdartig wirkt in dieser Nachbarschaft die in byzantinischem Stil erbaute Alexander-Newski-Kathedrale, ein Zeugnis für die inszenierte Russifizierung des Landes, die 1940 durch die russische Staatsduma legalisiert wurde. Moskau sieht sich gelegentlich veranlasst, vorzugehen gegen „nationale Umtriebe" in Estland, wenn Jugendliche z. B. die Nationalhymne der ehemals selbständigen Republik anstimmen.

Häuser wie die „Große Gilde" und die Bürgerhäuser erinnern an eine blühende Hansestadt. Die staatliche Selbständigkeit der baltischen Staaten Estland, Lettland, Litauen währte nur in den Jahren zwischen den beiden Weltkriegen. Dass sich das wenige Jahre nach unserer Reise wieder ändern würde, nicht denkbar.

Touristen können in zwei Tagen, die sie verweilen, nicht unterscheiden, was estnisch, russisch oder noch deutsch ist im Leben dieser Stadt. Da niemand von uns Russisch spricht, noch die zur finno-ugrischen Sprach-familie gehörende estnische Sprache beherrscht, bleiben wir sprach-los. Die Reise verdeutlicht mir, dass ich mich dem Sprach-Problem stellen sollte. Der Osten Europas zieht mich in seinen Bann. Er ist uns geschichtlich nahe. Wenn wir wieder zuhause sind, will ich einen Russisch-Sprachkurs belegen.

Einhundert Jahre älter als Tallinn und zwei Bus-Stunden entfernt, liegt Dorpat, estnisch Tartu. Im Mittelalter größte Stadt Estlands, bis ins 18. Jahrhundert Mitglied der Hanse, im 18. und 19. Jahrhundert nach dem schwedisch-russischen Krieg unter russischer Verwaltung.

In einem Brief an unseren Reiseleiter hieß es, eine Reise nach Dorpat lohne nicht. 1775 seien bei einem Feuer nur fünfzig Häuser erhalten geblieben. Wir fahren dennoch hin, auch deswegen, weil in einem Stadtführer „Tartu - Estnische SSR" (Johannes Lott, Tallinn 1980) erwähnt wird, dass nach dem Brand die Tartuer Baumeister die Prinzipien der klassizistischen Architektur befolgten: „In der Altstadt von Tartu gibt es ganze Straßenzüge und Häusergruppen im klassizistischen Stil.".

Auf eine andere Mitteilung machen wir uns einen eigenen Reim: „Viel Neues und Erfreuliches ist im letzten Jahrzehnt entstanden. Die Erfolge haben die Tartuer durch selbstlosen Einsatz unter Leitung des Stadtkomitees der Kommunistischen Partei Estlands und des Exekutivkomitees des Stadtsowjets erzielt."

Wir besuchen die Stadt der Schutzheiligen Petrus und Paulus. Schlüssel und Schwert im alten Stadtsiegel erinnern an sie. Die ehemalige Bischofsstadt mit der Ruine der vierschiffigen Hallenkirche wird im genannten Reiseführer gepriesen: „Sie wetteiferte an Schönheit mit dem Dom in Riga." Ein anderer Wetteifer interessiert weniger: „Gegenüber 1945 betrug der Produktionsaus-stoß 1950 das Sechsfache, 1960 das Fünfundzwanzigfache, 1976 das Sechsundsiebzigfache."

In Tartu steht zum Zeitpunkt unserer Reise die zweitälteste Universität der Sowjetunion mit neun Fakultäten. Sie kann auf bedeutende Lehrer verweisen: Auf Otto Wilhelm von Struve, Gründer der russischen Astronomie-Schule; auf den Embryologen Karl Ernst von Baer; auf den klassischen Philologen Carl Simon Morgenstern, für den die Universität ein Denkmal errichtete.

Einerseits war es eine „sonderbare Universität, in der die Zahl der Semester, die man hier studierte, im umgekehrten Verhältnis zum Studium stand", berichtet Siegfried von

Vegesack. Andererseits prägte sie Tartu als bedeutendes Kulturzentrum im 19. Jahrhundert.

Obwohl Deutsch Unterrichtssprache der Universität war, schien man sich abgrenzen zu wollen von allem, was „deutsch" war, bedingt wohl auch durch die Tatsache, dass „Tartu vom Antlitz her noch deutsch, die Bevölkerung in der Mehrzahl jedoch estnisch war." (von Vegesack)

Während einer Schlafwagenfahrt von Tallinn nach Riga erfahren wir einiges über russische Eisenbahnfahrten – sie sind wie deutsche, mit dem Unterschied, dass wir für vier Kopeken aus einem Samowar Schwarzen Tee serviert bekommen, nicht in Papp- oder Plastik-Bechern, sondern in Gläsern mit verzierten Metall-Einsätzen. Tee trinken ist ein Ritual.

Einen ersten Blick auf die lettische Hauptstadt Riga werfen wir vom Turm der Petrikirche aus. Der Turmhelm ist Wahrzeichen der Stadt. Die Altstadt beginnt man zu renovieren. „Die Schlafzimmer der Stadt", wie der lettische Reiseführer die Hochhaussiedlungen am Rande der Stadt nennt, hatten Vorrang. Die Führung durch die Altstadt verdeutlicht, wodurch Riga geprägt wurde: Durch Unternehmungen des von den Zisterziensern gegründeten Schwertbrüder-Ordens. Durch den Deutschen Orden, der das Erbe der 1236 aufgelösten Schwertbrüder antrat. Durch die Hanse, die Riga zur Transit-Stadt zwischen Ost und West machte. Von den siebenundzwanzig mittelalterlichen Türmen ist nur der Pulverturm erhalten, der vom Kriegsmuseum zum „Museum für die Geschichte der Revolution" umfunktioniert wurde.

Ein Orgelkonzert im mächtigen Ziegelsteinbau des Doms und ein Abend in der Staatsoper hinterlassen zwiespältige Eindrücke: Der Dom ist bis auf den letzten Bankplatz besetzt. Im Großen Opernhaus verfolgen nur fünfzig Personen die moderne Bearbeitung einer alten lettischen Legende um Tod, Teufel und ein schönes Mädchen, welches Lettland symbolisiert und das durch drei Tropfen Blut wieder zum Leben erweckt wird. Nur Legende? Exil-Letten, die sich bei einem Sänger-Festival in Münster / Westfalen trafen, sehen mehr darin.

Lebendig geblieben ist in Riga die lettische Sprache. Straßenschilder enthalten lettische und russische Bezeichnungen. Es gibt russische und lettische Oberschulen. Letztere durften Lettisch als Unterrichtssprache beibehalten. Sie bieten neben Russisch als „Staatssprache" eine zweite (Fremd-)Sprache an. Die meisten Schüler entscheiden sich für Englisch. Die junge Generation spricht kaum noch Deutsch. Der Glanz der deutschen Sprache verblasst und mit ihr die Kultur. Dieses Phänomen beschränkt sich nicht nur auf Osteuropa. Auch wir müssen Fremdsprachen erlernen, wenn mit denen reden wollen, die wir aufsuchen.

Das Sprachen-Gewirr müsste noch größer sein im angrenzenden Litauen mit seinen achtzig verschiedenen Nationalitäten. Die Hauptstadt Vilnius (Wilna) erleben wir als Stadt der schönen Kirchen. Litauen ist überwiegend katholisch. Die Kathedrale mit dem frei stehenden Glockenturm, das Westwerk der Annen-Kirche, die barocke Theresien-Kirche, die Universität – das „Museum Altstadt" verdeckt nicht das Hauptproblem fehlende Wohnungen. Für die ihrer Ideologie verpflichtete

Reiseführerin kein Problem: „Bis 1990 werden wir das Wohnungsproblem bewältigen. Daher müssen wir viel und schnell bauen." Man wird Zauberkünstler engagieren.

Ob dann noch zutreffen wird, was eine litauische Schriftstellerin über ihre Heimat schrieb? „Wie schön und klein bist du, mein Vaterland; wie ein Tropfen des hellen, reinen Bernsteins."

Für ein Mitglied unserer Reisegruppe war Wilna die letzte Station seines Lebens. Ärztliche und zwischenmenschliche Bemühungen der litauischen und russischen Gastgeber blieben vergeblich.

Unsere Heimreise führt über Leningrad. Niemand sah voraus, dass die Stadt wieder St. Petersburg heißen würde. "Der Bitte der Petrograder Arbeiter und Bauern, die Stadt in Leningrad umzubenennen, wird entsprochen. Möge das Zentrum der proletarischen Revolution auf immer mit dem Namen des größten Führers des Proletariats, Wladimir Iljitsch Uljanow-Lenin, verbunden bleiben." So der Beschluss des Sowjet-Kongresses 1924.

Nicht alle Beschlüsse haben Ewigkeits-Garantie.

Vom Hotel am „Platz des Sieges" aus sind es zwanzig Kilometer bis zum Stadtzentrum. Wir fahren durch Neubaugebiete, auf deren Wohnungstüren angeblich die gleichen Schlüssel passen wie in Moskau. Im Zentrum sind es nur ein paar Schritte zum „Denkmal der heroischen Verteidigung" während der neunhundert Tage andauernden deutschen Belagerung der Stadt im Zweiten Weltkrieg. Die russische Stadtführerin beschwört kein Katastrophen-Szenario, sondern spricht eindringlich von der „Heldenstadt Leningrad", vom „riesengroßen Heldenmut", von der „kolossalen Standhaftigkeit der Leningrader" während des „Großen Vaterländischen Krieges". Pflichtbewusst läuft sie zur Hochform auf. Schatten des Vergessens werden sich nicht so schnell herabsenken.

Es gibt viele Plätze in der Stadt, die an Vergangenes erinnern: Der Schlossplatz, Hauptort der russischen Geschichte. Der Platz des Friedens, in dessen Umgebung die Helden der Romane Dostojewskis lebten. Alexander Puschkin starb hier an den Folgen eines Duells. Russen sind sich ihrer Geschichte bewusst. Vor dem, was geschehen ist, stehlen sie sich nicht davon.

Vom Finnländischen Bahnhof aus, wo die Eisenbahn ausgestellt wird, mit der Lenin vor der Revolution aus der Emigration zurückkehrte, verlassen wir Leningrad Richtung Helsinki. Eine Stadtrundfahrt macht uns Nähe und Abstand der Nachbarn bewusst. Finnland, ehemals Kurfürstentum Russlands und seit 1917 unabhängig, pflegt ein brüderliches Verhältnis zum östlichen Nachbarn, betont die finnische Reiseleiterin. Sie seien ungleiche Brüder. Ihre Gemeinsamkeit sei die Grenze.

1985 unterwegs zum Sowjetischen Orient

Es ist an den Uhren abzulesen: Der Osten ist Reisenden aus dem Westen voraus, zeitlich gesehen, alle fünfzehn Längengrade eine volle Stunde. Zu nachtschlafener Zeit verrinnen auf dem Flug von Moskau nach dem dreitausend Kilometer entfernten Novosibirsk die Stunden "im Flug". Der "Sowjetische Orient" ist unser Reiseziel. Wie im Zeitraffer gehen Dämmerung und Morgengrauen ineinander über. Verstohlen reibe ich mir die Augen, weil zweieinhalb Flugstunden identisch sind mit sechseinhalb Zeitstunden.

Wer die Sowjetunion zügig durchqueren will, muss gen Osten reisen. Wer zum Westen will, für den werden die Tage und Nächte immer länger. Dass wir während der Nacht die russische Taiga überfliegen, größtes Waldgebiet der Erde, bleibt uns in der Dunkelheit verborgen.

Der Gepäckwagen, der unsere Koffer zum Moskauer Flughafen Domodedowo transportieren soll, wird Opfer des Zeitrafferphänomens. Er gerät auf der Autobahn in eine Radar-

Kontrolle. Der Zeit voraus sein wollen, stößt auch in der Sowjetunion an Grenzen.

Und man bleibt linientreu und fliegt, wohin auch immer, mit einer Tupolew der allgegenwärtigen AEROFLOT. Dass Tupolews im internationalen Luftraum noch dreißig Jahre später eine Rolle spielen, kann sich damals niemand vorstellen.

Um 0.45 Uhr wird das Essen serviert. Keine Rücksicht darauf, dass wir schlafen möchten. Das Hähnchen-Fleisch ist gut, wenn man hofft, dass es einem bekommt. Immerhin können wir während des Essens das Frösteln vergessen. Es zieht aus allen Ritzen. Die Sitze darf man aus bandscheibengerechten Gesichtspunkten als durchgesessen bezeichnen, wohlgesonnen formuliert. Bei einer Zwischen-landung in Alma-Ata, damals Hauptstadt der Kasachischen Republik in der Sowjetunion, nehmen wir, abgeschirmt von inländischen Gesichtern und Gerüchen, in Klubgarnituren der "International Hall" Platz. Die klassenlose kommunistische Gesellschaft demonstriert, dass wir nicht dazu gehören.

Der abgenutzt wirkende Zustand des Flugzeugs verwundert nicht, weil nicht nur an westliche Sitzkultur gewöhnte Touristen, sondern auch wohlbeleibte Marktfrauen befördert werden. Um 02.40 Uhr steigen sie in Alma-Ata zu, bepackt mit überdimensional großen Körben und Taschen, um am frühen Morgen auf einem sowjetischen Kolchos-Markt Obst und Gemüse zu verkaufen. In Moskau oder anderen großen Städten ist das nicht erhältlich – warum nicht, bleibt Geheimnis sowjetischer Planwirtschaft. Verstehen kann das nur, wer verstehen will.

Die Marktfrauen müssen umdisponieren, da wir auf dem Rollfeld des Flughafens lange auf den Abflug der Maschine warten. "Die wissen nicht, wohin wir fliegen wollen", wird gemunkelt. Irgendwann geht es weiter. Als wir in Novosibirsk landen, größte Stadt Sibiriens, erneuter Anlass zu Spekulationen. Piloten und Mannschaft verlassen samt Gepäck das Flugzeug. Uns lassen sie kommentarlos zurück. Ein Mitreisender, der im beruflichen Alltag mit Straßen-Erneuerung und dem Absenken von Bürgersteigen zu tun hat, bietet an, das Flugzeug in die Halle zu bugsieren. An Bord paart sich Gelächter mit Ratlosigkeit. Zwischendurch überlegen wir, ob wir die Zeit nutzen sollten, den Vogel zu reinigen. Er hätte es nötig.

Eine wichtige Kontrolle habe sich ergeben, wird uns nach mehr als einer Stunde mitgeteilt. Ein Fluggast hatte aus zehntausend Meter Flughöhe mit dem Fernglas in den sowjetisch-asiatischen Himmel geschaut. Unverzeihlicher Spionage-Fall, dem man auf den Grund gehen musste.

Andere Kontrollen erwecken den Eindruck einer Beschäftigungstherapie. Als wir in der usbekischen Hauptstadt Taschkent wieder einmal das Flugzeug verlassen müssen und in die Flughafenhalle zurückbeordert werden, steht eine außerordentliche Handgepäck-Kontrolle an. Die Silberpapier-Umhüllung eines Kaugummi-Päckchens hatte Alarm ausgelöst. Unkontrolliertes Verhalten widerspricht sowjetischem Kontrollbedürfnis, auch wenn die zu Kontrollierenden dem mit der Zeit nichts mehr abgewinnen können.

Nur in Ausnahmefällen schlagen Kontrollen

solcher und anderer Art auf den Magen. Im usbekischen Buchara, wo wir auf dem Flughafengelände unter obstbeladenen Apfelbäumen stundenlang ausharren, nimmt niemand Rücksicht darauf, dass wir seit dem Abflug aus der geschichtsträchtigen usbekischen Stadt Samarkand noch ohne Frühstück sind. Gut, dass nicht alle Mitreisenden seit der vergangenen Nacht nüchtern sind.

Erholsam dann die zweitausend Kilometer lange Fahrt mit der „Transsib", der Transsibirischen Eisenbahn, von Nowosibirsk nach Irkutsk am Baikalsee. Während draußen die russische Taiga vorüberfliegt, wird unablässig fotografiert: Birken, Fichten, Genossin Bahnwärterin, Holzhäuser, Birken, Fichten. Die Eindrücke wiederholen sich, bleiben aber überwältigend. Alles wird fotografiert, auch wenn es verboten ist. Irgendwann wird man es sichten und registrieren, spätestens nach der nächsten Reise.

Vom bequemen Platz im Speisewagen aus wirkt vieles malerisch. Wie aber lebt man hier in den neun sibirischen Wintermonaten und dem kurzen, dreimonatigen Sommer? Entlang der Transsib kann es empfindlich kalt werden.

Eine Frage, die wir nicht laut stellen, wird erst beantwortet, als wir nach unserer Rückkehr daheim deutsche Zeitungen lesen: Der neue Parteichef der UDSSR Gorbatschow hat für die Speisewagen der Transsib ein Alkoholverbot erlassen. Das „trockene Gesetz" der Anti-Alkohol-Kampagne, das Nüchternheit zur Lebensnorm machen soll, wird den Staatshaushalt belasten, der vom Alkoholmonopol nicht schlecht lebt. Die Trinkgewohnheiten werden sich aber nicht ändern. Jeder weiß, was er zum Leben bzw. zum Überleben braucht. Daher wird man sich zu helfen wissen, wenn Althergebrachtes nicht mehr gelten soll

Mit Bedrohungsszenarien wissen die Bürger umzugehen. Gaben, die sie sich selbst bescheren, haben besonderen Reiz. Das gilt vor allem in den Devisen-Bar-Schatzkammern der Hotels. Sie bleiben Inseln der Alkohol-Seligen, allerdings nur für zumeist westliche Devisenbringer.

Auch der Staat wird neue Einnahmequellen

suchen und finden. Im sowjetisch-georgischen Tiflis soll die Lizenz-Produktion von Artikeln eines westdeutschen Schuh-Giganten aufgenommen werden. Der Rubel entdeckt die Füße.

Alles fließt ineinander und sorgt für Horizont-Erweiterung. Das Leben ist ein Experimentierfeld. Reformunfähig ist die Sowjetunion nicht. Aber wenn sie etwas ändert, bleibt sie sich treu.

Wenn Weihnachten ist

O Tannenbaum

„Was will dein Kleid mich lehren?" So dröhnt es aus dem Lautsprecher. Was es mit dem „Kleid" und dem „lehren" auf sich hat, habe ich als Kind nie verstanden. Am Nachmittag vor Heiligabend wurde im „besten Zimmer" der Tannenbaum aufgestellt. Bauerngarten-, nicht Nordmann- oder Edeltanne. An den hingen wir ein paar Äpfel, die auf einem Lattenrost im Keller lagerten. Einige sahen angeknabbert aus. Dass sich Mäuse für sie interessiert hatten, dementierte Mutter, obwohl eine Mausefalle unter dem Regal stand.

Was hätte mich das Äpfel-Kleid lehren sollen? Dass wir kein Geld für Christbaumschmuck hatten? Dass Äpfel das brüchige Lametta ersetzen mussten? Auch mit „Hoffnung und Beständigkeit" hatte mein kindlich begrenztes Auffassungsvermögen Probleme. Was gab es zu hoffen kurz nach dem Krieg?

Es konnten nicht die Äpfel sein, die immer

unansehnlicher wurden. Nicht das Lametta, dessen traurige Reste nicht lohnten, für den Tannenbaum im nächsten Jahr aufbewahrt zu werden. Auch war nicht daran zu denken, auf besondere Gaben zu hoffen, die Heiligabend unter dem Tannenbaum liegen würden. Die neuen Strümpfe, die Mutter gestrickt hatte, trug ich schon seit geraumer Zeit.

Ich erkannte es nicht, obwohl das mit der Beständigkeit logisch war: Tannenbäume sind grün, solange sie nicht abgeholzt und ins warme Zimmer gestellt werden. Sie scheinen nicht der Vergänglichkeit unterworfen zu sein wie andere Dinge. Dass sie nicht die Nadeln verlieren, ist zwar eine optische Täuschung, aber insgesamt bleiben sie grün – ein Kontrast zu ihren nadellosen, laublosen Nachbar-Bäumen im Winter.

Beständigkeit sei der Schlüssel zum Erfolg – mit diesem Spruch wirbt eine Firma und preist ihre Produkte an. Vielleicht gilt auch das nur, wenn man sie nicht ins warme Zimmer holt.

Spätestens am Neujahrstag nadelte unser

Tannenbaum. Er war nicht schon Wochen vorher in irgendeinem Wald abgeholzt und auf Reisen geschickt worden. Kürzlich hatte er noch im Garten gestanden. Dennoch zeigte sein Kleid Spuren der Vergänglichkeit. Die Hoffnung, dass er grün bleiben werde, erwies sich als trügerisch. Beweis für die Zerbrechlichkeit der Welt, sagte man mir später.

Beständigkeit musste neu definiert werden.

„Nur, wer sich ändert, bleibt sich treu." Leider hatte ich davon noch nichts gehört. Ob das nadelnde Kleid mich lehrte, ein Tannenbaum bleibe Tannenbaum, auch wenn er nadelt? Wenn das so ist, beruhigt mich das. Tannenbäume sind auch dann Tannenbäume, wenn ihr Kleid nicht mehr ganz grün ist und die Anzahl der Nadeln eine rückläufige Tendenz aufweist. Nichts ist so beständig wie Unbeständigkeit. Schade, dass ich das erst erkannt habe, als ich erwachsen war.

Der Bio-Weihnachtsbaum

Mit Axt und Säge rückten sie mir zu Leibe. Dass ich ächzte und stöhnte, kümmerte sie nicht, oder sie überhörten es. Einen selbst geschlagenen Weihnachtsbaum wollten sie ins Zimmer stellen. Einer meinte, er wolle wissen, wo sein Baum gewachsen sei. Tannenbaum in Eigenherstellung sozusagen. So wie sie mich behandelten, musste ich darauf schließen, dass sie noch nie im Leben eine Säge in der Hand gehalten hatten. Aber gegen sie und ihre Kettensäge war ich machtlos.

Wahrscheinlich waren sie gegen das Abholzen der Regenwälder. Auf mich nahmen sie keine Rücksicht. Ihr Weihnachtsbaum dürfe krumm sein, sagten sie. Dann sehe er echt aus. Sie nannten mich Bio-Baum, Außenseiter-Fichte. Darauf seien sie stolz. Bio stehe für Frieden und Harmonie. Mit mir könnten sie sich identifizieren. Außenseiter zu sein sei kein Makel, sondern Qualitätsmerkmal.

Dass ich in den vergangenen Wochen übel riechende Dämpfe einatmen musste, die man über mir versprühte, sagte ich ihnen nicht. Sie wussten es wahrscheinlich. Das Waldsterben werde damit verhindert, sagten die Männer. Außerdem würde ich nach den Festtagen zu Biomüll verarbeitet und im Wald verstreut, damit wieder Bio-Weihnachtsbäume wachsen könnten.

Jetzt schleppen sie mich den Waldlehrpfad hinunter. Mal sehen, wohin sie mich transportieren. „Tannenbaum-Schonung" steht auf dem Schild. Wovor soll ich geschont werden? Wahrscheinlich wussten das diejenigen, die mich abgesägt haben, auch nicht. Das verwachsene Bäumchen neben mir haben sie stehen lassen. Nach drei Tagen werde es seine Nadeln verlieren; dafür lohne sich die Arbeit nicht, meinten sie.

Weihnachtsbäume werden nicht nach ihrer Meinung gefragt. Ich hätte eine Menge zu sagen.

Ohne Lametta

Ich sei nicht zeitgemäß, heißt es. Früher fehlten meine dünnen, glitzernden Metallstreifen an keinem Weihnachtsbaum. Oma liebte mich. Oma verehrte mich. Oma liebte die Kugeln und das Lametta. Sie schwärmte für Goldkugeln und Perlmutt-Lametta am Weihnachtsbaum. Oma war Lametta-Liebhaberin. Ein Baum ohne Schnickschnack, aber mit Lametta. Glitzern musste er. Jeden Streifen bewahrte sie auf, wickelte ihn in Pergamentpapier und bügelte ihn glatt, wenn er in die Jahre gekommen war.

Nicht ohne Lametta, sagten alle. Früher war mehr Lametta, sagt Loriot. Ohne Lametta kein Weihnachtsbaum und kein Weihnachten, sage ich. Die Zeiten haben sich geändert, sagt die Christbaumschmuckfabrik. Lametta-Verkauf lohne nicht. Lametta passe nicht in die Zeit. Lametta sei out. Abwechslung wollen die Leute. Voriges Jahr war champagnerfarben modern, dieses Jahr lila, nächstes Jahr vielleicht rosa. Jedes Jahr eine andere Farbe. Anders sein ist gut. Aber kein Lametta.

Lametta schadet der Umwelt. Das Eis in der Antarktis schmilzt. Wegen Lametta. Staniol-Lametta ist giftig. Eisbären am Nordpol und Pinguine in der Antarktis sind in Gefahr. Wegen Lametta. Sie fressen Lametta und gehen zugrunde. Umweltschutz und Naturschutz bleiben auf der Strecke.

Weihnachtsbäume müssen umweltfreundlich und ökologisch korrekt sein. Ohne Lametta. Sonst gerät die Welt aus den Fugen, sonst ist Weihnachten in Gefahr. Wegen Lametta. Neue Weihnachtsprodukte kommen auf den Markt. Girlanden aus Kunststoff. Kunststoff aus China. Kunststoff ist umweltfreundlich. Kunststoff aus China ist natürlich.

Hier spricht das letzte Lametta. Wohin soll das führen? Weihnachtsbäume ohne Lametta – warum dann noch Geschenke auspacken und Weihnachtslieder singen? Warum Lebkuchen, Stollen und Plätzchen backen? Warum Kerzen anzünden und Glühwein ausschenken?

Achten Sie auf mein Lametta-Restposten-Sonderangebot: Dreihundert Streifen, 60 cm lang, nur zwei Euro. Es wird kein Lametta, keinen Weihnachtsbaum, kein Weihnachten mehr geben. Ohne Lametta wird nichts mehr sein, wie es war. Sichern Sie sich das letzte Lametta, ehe Weihnachten in der Versenkung verschwindet.

Für den guten Zweck

Ich hatte zugesagt, mich an der Aktion beteiligen zu wollen. Sie gelte einem guten Zweck, wurde mir versichert. Viele Leute engagieren sich für gute Zwecke: Sie laufen für den guten Zweck, trinken Glühwein für den guten Zweck, sammeln Altkleider für den guten Zweck. Die Welt ist voll guter Zwecke. Ich hatte es bisher nicht wahrgenommen.

Wir verkauften Tannenbäume für den guten Zweck. Auf den Zweck hatten die Leute gewartet. Ich ahnte nicht, wie wenig Mühe es bereitet, Tannenbäume zu verkaufen. Je näher es auf Heiligabend zuging, desto erfolgreicher waren wir. Was nach Baum mit grünen Nadeln aussah, brachten wir an den Mann bzw. an die Frau. Dass einige Exemplare bereits auf dem Weg ins beheizte Wohnzimmer die ersten Nadeln verlieren würden, war eindeutig. Wir erwähnten es aber nicht – um des guten Zwecks willen.

Je mehr Bäume wir verkauften, desto nebensächlicher wurde der Zweck. Ich entdeckte mein Verkaufstalent. Zusehends wurde ich zufriedener mit mir. Anfangs war mein Tannenbaum-Wissen gefragt: Blaufichten von Nordmann-Tannen unterscheiden können. Über Aufzucht und Pflege wollten die Käufer informiert werden – Kenntnisse, die ich mir im Tannenbaum-Wissen-Schnellverfahren angeeignet hatte. Nach Weihnachten musste ich das nicht mehr wissen.

Jetzt konnte ich qualifizierte Auskunft darüber geben, dass Nordmann-Tannen auch in warmen Räumen lange ihre Nadeln behalten. Dass sie dazu zwölf Jahre Zeit brauchen und langsam wachsen, wusste ich inzwischen auch, aber das wollte niemand wissen. Die meisten Tannen würden spätestens in drei Wochen im Müllcontainer landen, mit und ohne Nadeln.

Die Geldkassette füllte sich. Sie erfüllte ihren Zweck. Großzügig waren die Tannenbaum-Liebhaber. Wenn ich ein Exemplar als edel und gut gewachsen angepriesen hatte, wirkte sich das positiv auf die vorweihnachtliche Spenden-Bereitschaft aus. „Diese Blaufichte ist gestern erst geliefert worden", verkündete ich, obwohl ich nicht sicher sagen konnte, ob es gestern oder vorgestern war, und auch nicht wusste, wann der Weihnachtsbaum-Klassiker seine lange Reise angetreten hatte. Hauptsache, er diente dem guten Zweck. Ein paar Transport-Kilometer konnten das nicht in Frage stellen.

Auch der edelste Zweck verhindert nicht Ermüdungserscheinungen. Ich brauchte eine zweckdienliche Pause. Die gut gefüllte Geldkassette sollte natürlich mit in die Pause gehen. Wo war die Kassette? Nicht dort, wo sie sein sollte. Nicht dort, wo ich sie hingestellt und mit „guten-Zweck-Ergebnissen" gefüllt hatte. Der gute Zweck konnte sich ihrer nicht schon bedient haben, obwohl sie ihm zugedacht war.

Ich ging auf Suche. Alle gingen auf Suche. Der Weihnachtsbaum-Verkauf für den guten Zweck stockte. Um des Zwecks willen musste er eine Weile ruhen, bis die Kassette wieder dort stand, wo sie hingehörte.

Wir suchten lange. Auch die auf dem Platz verbliebenen Weihnachtsbäume warteten lange. Schließlich fand die Suche ein Ende. Der gute

Zweck ebenfalls. Nirgendwo eine Geldkassette. Hatte sie sich in nichts aufgelöst? Die geplante ergebnisoffene Bestandsaufnahme zwecklos.

Den Zweck gab es trotzdem noch. Ungeahnte, bisher brach liegende Potentiale hatte er zu Tage gefördert. Der Zweck war nicht zwecklos geworden, obwohl die Kassette nicht mehr auftauchte. Sollten wir alle potentiellen Weihnachtsbaum-Käufer ausfindig machen und prüfen, ob einer von ihnen seinen Baum mit einer gut gefüllten Geldkassette geschmückt hatte? Zwecklos.

Für Weihnachtsbaum-Verkäufe war es zu spät. Gab es noch andere Zwecke, um die wir uns verdient machen konnten? Es gab sie. Mit unserer Unzulänglichkeit mussten wir leben. Wir einigten uns auf innovative Vorgehensweisen: Die nächste Aktion für einen guten Zweck sollte sich nicht als zwecklos erweisen.

Oktober-Weihnacht

Beginnt Weihnachten im Oktober? Ja, sagt die Anzeige im Wochenblatt. Bis in den Juli Christstollen, dann wieder ab August. Lametta-Bowling und „White Christmas" ab Oktober. Zeiten und Kalender, an denen wir uns orientieren können, sind aus den Fugen geraten.

„Machen Sie Ihre Feier zu einem besonderen Erlebnis", animiert die Anzeige. „Stille Nacht"? Lieber „O du fröhliche". Im weihnachtlich geschmückten Ambiente werden alle Wünsche wahr. Für sechs bis sechshundert Personen ist alles möglich. Kollektiver Ausnahmezustand mit Musik und Animation. Knecht Ruprecht und der Weihnachtsmann haben noch Termine frei. Wer jetzt bucht, dem werden zusätzlich Gewinne für die große Tombola garantiert. Reisebusse erhalten ein Sonder-Arrangement.

Natürlich war da etwas vor zweitausend Jahren. Doch „Et is durch die Bank verjessen bei allen. Von wejen den Menschen een Wohljefallen." klagt ein Berliner Weihnachtsgedicht. Manche haben Gedächtnislücken. Woher stammt die

Bezeichnung „Christmas"? In Religion war man nicht gut in der Schule. Christus? Geboren am Rande der Weltgeschichte. Wer will da hin?

Dem Weihnachtsfest ergeht es wie kirchlichen Festen und staatlichen Feiertagen – wie Christi Himmelfahrt, dem Tag der Deutschen Einheit, Ostern und Pfingsten. Partytime im Teuerst-Ghetto. Fanmeilen-Stimmung. Vielen reicht das. Auch auf Dauer? Wann werden wir wieder fragen, warum wir feiern? Und wann der angemessene Zeitpunkt da ist?

Auf einem Marktplatz im Süden Chiles sah ich bei herrlichem Sommerwetter „Heilige Drei Könige" auf dem Marktplatz stehen. Es war Anfang Januar. Da Chile südlich des Äquators liegt, beginnt der Sommer am 21. Dezember. Dort wie hier ist Weihnachten am 25. Dezember, im Hochsommer. Daten und Fixpunkte im Leben hängen nicht vom Wetter, nicht vom Ambiente ab, sondern von dem, was sie beinhalten und was wir daraus machen.

Weihnachten hätte eine Neubesinnung verdient.

Wünsch dir was

Er konnte nicht zur Weihnachtsfeier kommen, zu der die Firma eingeladen hatte. Das Geschenk, das die Anwesenden in Aussicht gestellt wurde, entging ihm. Wer nicht dabei war, bekam nichts. Sich nachträglich beklagen – zwecklos. Er ging leer aus. „Ungerecht", beklagte er sich. „Anderen werden Wünsche erfüllt. Warum nicht mir?" Es half nichts. „Wenn jeder Wunsch erfüllt wird, kriegt er Junge", sagt Wilhelm Busch. Die Firma wusste es. Wenn das Wünschen überhandnimmt, verliert man die Kontrolle – über sich und über das, was wünschenswert ist. Wünsche lassen sich nicht beliebig portofrei bestellen und erfüllen, auch wenn das wünschenswert ist.

„Wünsch dir was, mein Schatz." Er fühlte sich herausgefordert und ließ seinen Wünschen freien Lauf. „Ein Kind, mein Schatz." Ein Kind? Kann man sich Kinder wünschen? Sonderwünsche äußern zu Größe, Geschlecht, Hautfarbe, Intelligenzquotient? Die Liebste sah sich missverstanden. Ihr Schatz schien mehr Wünsche als Bedürfnisse zu haben.

Unterdrückte Wünsche und Gefühle, die ihr Ziel nicht kennen. Sein Wunschtraum - ihr Alptraum.

„Wir erfüllen Träume", verspricht die Klinik. Wünsch dir was. „Wir erfüllen Kinderwünsche. Unsere Technik, unser Wissen bürgen dafür. Respektvolle, fürsorgliche Betreuung wird Ihnen zugesichert." Geht nicht? Gilt nicht. Wir erfüllen Wünsche. Wie Frau Holle. Wir schütteln nicht Kissen, sondern verheißen Kindersegen. Gaben-Verteilung wie Weihnachten. Wie Plätzchen backen. Dreh am Glücksrad. Sichere dir den Hauptgewinn.

Hätte die Katze Flügel, gäb es keine Sperlinge mehr – Johann Gottfried Herder hielt nichts von unbedachten Wünschen, von unbedachter Wunscherfüllung. Undenkbar, wenn alle Wünsche Wirklichkeit würden. Nicht jedes Märchen kann Wirklichkeit werden.

Weihnachtswünsche. Darf es etwas Besonderes sein? Ich möchte meine Ruhe haben, hin und wieder in Ruhe gelassen werden, nicht auf die Uhr schauen m

Wundersame Verwandlung

Die Kinder in der Kindergartengruppe kannten mich, und ich kannte sie. Oft spielte ich mit ihnen, erzählte ihnen Geschichten oder hörte ihnen zu. Am 6. Dezember sollte das Nikolaus-Fest gefeiert werden. Die Erzieherinnen trafen Vorbereitungen mit den Kindern. Auch die Eltern sollten dabei. Wer die Rolle des Nikolaus übernahm, war noch nicht geklärt. Die Erziehe-rinnen wollten nicht. Die Eltern hielten sich zurück. Ob ich das nicht machen könne, wurde ich gefragt. Ich spielte den Nikolaus.

Es wurde ein fröhliches Fest. Wir sangen und erzählten. Wir hockten zusammen und warteten auf den Nikolaus. Aber der war anwesend. Ich saß ja dabei. Ich erzählte Geschichten über den heiligen Nikolaus. Geschichten beschreiben etwas, aber nicht so, wie es genau war. Sie berichten, wie Menschen Gegebenheiten oder Personen erlebten, wie diese auf sie wirkten, welchen Eindruck sie hinterließen.

Legenden sind daraus entstanden. Nikolaus war

ein Mann, der andere Menschen beschenkte. Fast alle Geschichten haben damit zu tun. Nikolaus schenkte heimlich. Er prahlte nicht mit seinen Geschenken. Immer schenkte er etwas von sich. Er schenkte etwas, das ihm selbst wichtig war. Das spürten die Menschen. Daher verehrten sie ihn und machten ihn eines Tages zu ihrem Bischof.

Während ich erzählte, zog ich das Bischofsgewand und die Bischofsmütze an. Die Kinder erlebten, wie der schenkende Nikolaus zum Bischof wurde. Wir erzählten, was wir jemandem schenken konnten. Ein Junge hatte sich ein Bein gebrochen und lag im Krankenhaus. „Du Nikolaus, ich will ihm mein Kuscheltier schenken. Er ist dann nicht allein." rief ein Mädchen.

Unversehens war ich „Du Nikolaus" geworden. „Trägst du immer dieses Gewand?" Ich hatte es gerade im Beisein der Kinder und Erwachsenen angezogen. Jetzt war ich ein Anderer. Jemand, der schenkt, schlüpft in eine andere Rolle. Er merkt es oft selbst nicht. Schenken verwandelt. Die Kinder spielten die Verwandlung mit.

„Ich möchte auch Nikolaus sein", rief das Mädchen, das sein Kuscheltier abgeben wollte. Ich hatte vorgesorgt. Einige Eltern hatten für kleine Nikoläuse Bischofsgewänder genäht. Nach und nach verwandelten sich viele Kinder in jenen Bischof, der die Menschen beschenkte.

Die Nikolausfeier wurde ein Fest der wundersamen Verwandlung. Vergessen war ein Nikolaus, die Brave belohnt und Bösen mit der Rute droht.

Das Nikolaus-Fest ist ein Fest des Schenkens. Schenken verwandelt. Es verwandelt den, der schenkt, und den, der beschenkt wird. Man braucht keinen Zauberstab. Schenken und verwandeln kann jeder, der Anfänger und der Fortgeschrittene.

Das Nikolaus-Fest ist ein schönes Fest.

Schenken Sie noch?

In meinen Kindheitserinnerungen spielen wunderbare Weihnachtsüberraschungen und Geschenke eine große Rolle, auch erlebte Enttäuschungen. Im Wesentlichen gilt das heute noch. Natürlich fühle ich mich in dieser Zeit ab und zu gestresst. Viele Vorbereitungen stehen an. Ich kümmere mich um rechtzeitiges Besorgen, Verpacken und Versenden von Geschenken an Verwandte, Freunde und Bekannte. Viele erwarten ein kleines Präsent oder wenigstens einen Weihnachtsgruß von mir.

Die Kritik an einem Fest mit Gabentausch ist mir bekannt. Ich weiß und sehe, dass das Schenken überhandnimmt, nicht nur zu Weihnachten. Auch die Erwartungen werden immer größer. Wenn jemand ein persönliches Geschenk erhalten soll, macht das die Sache besonders anstrengend.

Was soll ich einem schenken, der schon alles hat? Sollen wir vereinbaren, auf Geschenke zu verzichten? Aus meinem Freundeskreis weiß ich, dass solche Abmachungen nicht immer eingehalten werden. Das ruft Schwierigkeiten hervor bei denen, die dann doch beschenkt wurden. Sie haben selbst kein Geschenk besorgt, weil sie auf die getroffene Vereinbarung vertrauten haben.

Wenn schon schenken, dann einfach einen Gutschein unter den Tannenbaum legen? Soll der Andere entscheiden, was er geschenkt haben will? Kann ich mich denn selbst beschenken?

Soll ich Geld schenken? Bekannt sind die vornehmen Empfehlungen eines Brautpaares an die Hochzeitsgesellschaft: „Wer sich fragt, was soll ich kaufen, muss sich nicht die Haare raufen. Lasst Teller, Tassen, Töpfe sein und steckt was ins Kuvert uns rein."

Mir gefällt das nicht. Ich kann von einer älteren Dame erzählen, die jährlich zum Weihnachtsfest ihren erwachsenen Kindern mit der Post einen Barscheck zustellte. Der Scheck wurde eingelöst. Von den Kindern sah und hörte sie nichts. Sie hat das Verfahren umgestellt. Wer den Scheck haben will, muss ihn bei ihr abholen. Jetzt tauchen die Lieben schon im Oktober auf.

Ich schenke. Ich freue mich auf Geschenke und übe mich in der Kunst des Gebens und des Nehmens.

Die Weihnachtsgans

Von Frieda verabschiedete sich der Junge, wenn er zur Schule ging. Frieda begrüßte er, Frieda begrüßte ihn, wenn er zurückkam. Er wusste, was Frieda sagen wollte, wenn er auf der Wiese ihre laute Stimme hörte. Frieda konnte sicher sein, dass er sie verstand, auch wenn ihr Schnattern einem Fauchen ähnelte. Frieda war seine verlässliche Freundin – Frieda, die Gans. Eine Wiesengans, fügte der Vater hinzu, weil sie auf der Wiese lebte. Denn sie sei robust und gesund.

Vater hatte auch von Tiefkühlgänsen erzählt, die im Geschäft zu kaufen seien. Konnten Gänse in Tiefkühltruhen leben und groß werden? Das verstand der Junge nicht. Was Vater gemeint hatte, als er vom aromatischen Fleisch einer Wiesengans sprach, begriff der Junge auch nicht. Über ihr Fleisch machte er sich keine Gedanken. Frieda fraß Gras auf der Wiese und Samenkörner von Pflanzen, die dort wuchsen.

Frieda sei wie ein Rasenmäher, hatte Vater

gesagt. Das Gras werde nie zu hoch; dafür sorge Friedas großer Appetit. Wenn sie eine Fresspause einlegte, vergnügte sie sich in dem kleinen Planschbecken. Böse konnte sie werden, wenn ein Fremder in ihre Nähe kam. Den fauchte sie an und machte ihm mit wütenden Rufen klar, dass dies ihre Wiese war und sie keinen Eindringling duldete.

Inzwischen war es Dezember geworden. Das Weihnachtsfest kündigte sich an. In der Küche dufteten Plätzchen. Als der Junge eines Mittags seine Schulaufgaben erledigte, drangen durch das offene Fenster seltsame Worte an sein Ohr. Jetzt sei Gänsezeit, sagte jemand. Gänse seien reif für einen Wechsel von der Wiese in den Backofen. Weihnachten gehöre ein Gänsebraten auf den Teller. Weihnachten schmecke Gans am besten. Eine dunkelbraun gebratene, knusprige Wiesengans sei eine Delikatesse.

Hatte der Junge richtig verstanden? Von welcher Gans sprach der Mann, mit dem sich Vater unterhielt? Frieda konnte nicht gemeint sein. Gestern hatten sie überlegt, ob Frieda den Winter wieder im Stall verbringen sollte wie im vergangenen Jahr. Aber warum sprach der fremde Mann immer noch mit Vater? Er verspreche, hörte der Junge, das Gänse-Essen werde in einem stimmungsvollen Rahmen stattfinden. Der Vater werde selbstverständlich eingeladen.

Der Junge konnte es nicht glauben. Wollte der fremde Mann tatsächlich Frieda mitnehmen, um sie zu braten? Das durfte er nicht zulassen. Sollte er Frieda anraten zu fliehen? Aber wohin?

„Hast du keinen Hunger?" Vater wunderte sich über seinen Sohn, als sie abends am Tisch saßen. Der antwortete nicht. „Schmeckt es dir nicht?" wollte Vater wissen. „Soll Frieda in den Backofen?" fragte der Junge nach einer Weile leise. Seine Tränen konnte er nicht verbergen. Vater ahnte, dass sein Sohn das Gespräch mit dem Fremden belauscht hatte. „Da du alles mit angehört hast, will ich es dir erklären", begann Vater. „Wenn Frieda alt und krank ist, fühlt sie sich bei uns nicht mehr wohl. Daher ist es besser, sie jetzt abzugeben."

„Aber warum soll sie in den Backofen?" wollte der Junge wissen. „Weil sie jetzt am besten schmeckt." Das Gespräch war beendet. Der Junge musste ins Bett.

Als Vater am nächsten Morgen Frieda auf die Wiese ließ, traute er seinen Augen nicht. An ihrem Hals baumelte ein Zettel. „Frieda wünscht Fröhliche Weihnachten" stand darauf. Es war nicht schwer zu erraten, wer ihr den Zettel um den Hals gehangen hatte.

Frieda durfte weiter Gras auf der Wiese fressen. Mit ihrem lauten Schnattern konnte sie auch in Zukunft den Jungen begrüßen, wenn er aus der Schule kam. Frieda wurde keine Weihnachtsgans. Sie blieb eine Wiesengans. Und wenn sie nicht gestorben ist, schnattert sie immer noch auf der Wiese.

Käme doch der Engel zurück

Gestern war der Engel da. Ich habe nicht darüber nachgedacht, was geschehen ist. Zu plötzlich kam alles für mich. Schwanger werden soll ich, ein Kind bekommen. Spontan habe ich Ja gesagt. Wahrscheinlich war ich zu überrascht, um mir Gedanken zu machen. Heute sehe ich klarer. Woher wusste der Engel das? Wer hatte ihn geschickt? Fragte er mich, ob ich das wirklich will?

Ein Kind zu bekommen, ist nichts Ungewöhnliches. In meiner Situation aber doch. Ich bin jung, ohne abgeschlossene Ausbildung. Ich wohne noch bei meinen Eltern. Soll ich meine Freundin um Rat bitten? Sie hat ein Kind und weiß, wovon sie spricht.

Das Mädchen Maria warf einen Blick in die Tageszeitung. „Gestresste Väter, gestresste Mütter" prangte eine Überschrift in dicken Buchstaben auf der ersten Seite. „Ein Kind verändert Ihr Leben. Die Beziehung leidet. Die romantische Beziehung zu zweit können Sie vergessen."

Warum stand das nicht in der Zeitung, ehe der Engel kam? Maria wollte nicht weiterlesen, tat es aber doch. „Das Leben ist anstrengend. Was soll erst werden, wenn man sich in unsicheren Zeiten zusätzlich um ein Kind kümmern muss? Wie soll eine Beziehung zum Kind entstehen, wenn man keine Zeit hat?"

Einen Augenblick lang verschlug es ihr die Sprache. Beruf und Familie, Beruf und Karriere – das zusammen geht nicht. So stand es da. Haushalt, Job und Kinder – das geht erst recht nicht. Burnout die Folge. Zu wenige Kindertagesplätze, zu wenige Ganztagsschulen. Überforderte Mütter, gestresste Väter.

Käme doch der Engel zurück, damit ich ihn noch einmal fragen kann, dachte Maria. Habe ich ihm gesagt, dass ich nicht den Vater kenne? Alleinerziehende werde ich sein. Zum Schein einen Mann heiraten, der die Vaterschaft für mein Kind übernimmt, will ich nicht. Dann bleibe ich lieber allein mit dem Kind.

Aber welches Recht haben andere, über mein Leben zu bestimmen? Muss es so perfekt sein, wie behauptet wird? Warum soll ich in Panik geraten und schlaflose Nächte haben? Ich soll keine Angst haben, hat der Engel gesagt.

Daher habe ich „Ja" gesagt.

Nur ein Schaf

„Dummes Schaf." Wie oft muss ich mir das anhören, wenn wir unterwegs sind und Leute uns begegnen. Ich gebe zu, dass es ein Problem gab. Ich hatte an frischem, fettem Gras gerupft und an köstlichen Blättern geknabbert. Unversehens war ich vom Weg abgekommen. Ich hatte getrödelt, gebe ich zu, und ohne es zu merken, den Anschluss an die Herde verloren. Verzweifelt rief ich um Hilfe. Allein fand ich nicht zurück.

Bin ich deswegen dumm, weil ich einen Fehler gemacht habe? Bin ich das schwarze Schaf, das schuld ist, wenn etwas Unangenehmes passiert ist? Ich trotte treu hinterher, wenn die Richtung vorgegeben wird. Dass ich damals nicht achtgab und meinen Herrn aus den Augen verlor, wird nicht mehr vorkommen.

Ich bin ein geduldiges, gehorsames Schaf. Als Wiederkäuer habe ich Zeit, über mein Leben nachzudenken. Ich vertraue meinem Herrn, und ich kenne seine Stimme. Von jeder anderen Stimme kann ich sie unterscheiden. Auch meine Artgenossen kenne ich; ich habe ein gutes Gedächtnis. Wenn ich mit ihnen unterwegs bin, fühle ich mich wohl. Das wissen alle. Das weiß mein Herr.

Dann kam jene Nacht, die ich nicht vergessen werde. Ich hatte wohl geträumt. Als ich wach wurde, liefen alle aufgeregt umher. Ob ein wildes Tier eingedrungen war? Ich wusste es nicht. Alle ergriffen in Panik die Flucht. Ich stand ratlos und hilflos da wie damals, als ich mich verirrt hatte. Ich rief um Hilfe; niemand hörte mich. Mich konnte auch niemand hören, da ich allein war.

Oder hatte mich doch jemand bemerkt? Plötzlich vernahm ich eine mir unbekannte Stimme. Auf den Weg solle ich mich schleunigst machen, forderte sie mich auf. Ein großes Ereignis habe stattgefunden. Was es war, konnte ich nicht fragen, da ich in der Dunkelheit nicht erkannte, wer es gesagt hatte. Auch war ich skeptisch, weil es ein Fremder war. Aber die Stimme hörte sich so eindringlich an, dass sie mir in Mark und Bein ging.

Nie war ich jemandem gefolgt, den ich nicht kannte. Jetzt war alles anders. Ehe ich begriff, lief ich dem Fremden hinterher, obwohl ich nicht wusste, wohin er ging.

Ich bin ein Schaf. Viele halten mich für dumm. Wahrscheinlich war es wirklich dumm, mich auf ein Abenteuer einzulassen mit ungewissem Ausgang. Man soll kein Risiko eingehen, lautet ein Grundsatz unter uns Schafen. Lieber nichts tun als etwas, das sich als falsch oder vergeblich herausstellen könnte. Immer die Regeln beachten; denn sie sorgen für Sicherheit in der Herde.

Bisher hatte ich mich daran gehalten, obwohl ich mich neulich geärgert habe, als ich vom Weg abgekommen war. Warum sollte ich nicht von dem leckeren Gras fressen, das ich entdeckt hatte? Nur deswegen nicht, weil andere es nicht gesehen hatten und weiter getrottet waren? Schwamm drüber. In dem Augenblick hatte ich keine Zeit nachzudenken.

Ich war irgendwo hingekommen, wo ich noch nie war. Unbeschreiblich schön war es da.

Unendlich viele Schafe sah ich. Aus allen Himmelsrichtungen kamen sie herbeigelaufen. Keines kannte ich. Als ich fragte, was los sei und ob es etwas Besonderes zu fressen gebe, erhielt ich keine Antwort.

Dann war auf einmal diese Stimme wieder da, die mich aufgefordert hatte loszurennen. Ich konnte nicht alles verstehen. Aber das habe ich verstanden: Es sei etwas geschehen, von dem die ganze Welt sprechen werde, und wir seien die Ersten, die davon erführen.

Bei den Ersten war ich. Ich, das angeblich dumme Schaf, das keine guten Ideen hat. Wo waren die anderen, die kein Risiko eingehen? Wo waren sie, die nur fressen, worauf sie mit der Nase gestoßen werden? Niemanden sah ich.

Hier blieb ich. Wer Ideen hat, wird belohnt. Das habe ich mir gemerkt, auch wenn ich nur ein Schaf bin.

Hirte mit Schal

Zwischen Gerümpel und Einmachgläsern, zwischen Bilderrahmen und Schirmständern habe ich den Sommer verbracht. Niemand ließ sich sehen. Niemand erkundigte sich nach mir. Gut, dass mir im vergangenen Jahr eine Frau den Schal gestrickt hatte. Ohne ihn hätte ich mir eine Erkältung geholt.

Ich liege hier zwischen Geschirr und ausrangierten Schuhen, zwischen kaputten Lampen und Bilderrahmen. Eine Rumpelkammer. Wie auf dem Flohmarkt. Ist das eine angemessene Unterkunft für einen, der dabei war, als in unserer Hütte Weltgeschichte geschrieben wurde? Ich war bei den Ersten, die von der Geburt erfuhren, die sich in unserer Behausung ereignete. „Ehre sei Gott in der Höhe", sangen die Engel und huldigten dem Kind. Ich wusste nicht, wie mir geschah.

Zwischen Blumentöpfen und Fahrradreifen liege ich im Regal, verstaubt und nicht beachtet. Dass die beiden Engel aufrecht stehend am Fenster ihren Platz gefunden haben

und nach draußen schauen können, gönne ich
Ihnen. Himmlischen Boten steht eine höhere
Rangordnung zu als Hirten, die sich um das
Wohl der Schafe kümmern und arme Leute
sind. Ob das gerecht ist, weiß ich nicht. Wenn
ich das Kind nicht mit meinem Schal zugedeckt
hätte, wäre es erfroren. Mit „Ehre sei Gott"
allein hätte es nicht überlebt.

Über die drei Fremden, die sich an unserer
Krippe einfanden, schweige ich lieber. Alles
Mögliche wird erzählt. Könige seien sie, heilige
Könige. Was heißt denn heilig? Weil sie Könige
sind? Weil sie das Kind mit Geschenken überhäufen? In der Rumpelkammer sehe ich sie
nicht. Ob die Herrschaften eine Etage höher
logieren? Als sie ankamen, war das Wichtigste
vorbei. Dem Kind ging es gut, weil wir Hirten
uns um alles Notwendige gekümmert hatten.

Dass der Abend, an dem das Kind zur Welt
kam, Heiliger Abend heißt, ist uns zuzuschreiben. Wenn jemand Anspruch darauf hat, heilig
genannt zu werden, dann wir. „Euch ist ein
Kind geboren", sangen die Engel. „Euch."
Damit meinte er uns, obwohl wir arme Leute

sind, über die nie etwas in der Zeitung steht. Von Königen, von denen niemand weiß, woher sie kamen, war nichts zu sehen. Und die wollen uns zur Seite drängen.

Wenn ich nach oben geholt werde, wird das zu klären sein. Den Engeln will ich ihre Position nicht streitig machen. Ehre sei Gott in der Höhe. Wer weiß, was sie noch mitzuteilen haben. Bei den Königen jedoch besteht Redebedarf. Wer Kamele auf unseren Weiden grasen lässt, muss Rede und Antwort stehen, was es mit der Heiligkeit auf sich hat.

Hirten sind bekannt für ihre Redlichkeit. Das bedeutet, dass wir anständige, aufrechte und ehrliche Leute sind. „Üb' immer Treu und Redlichkeit" – Wir sind damit gemeint. Für uns wurde das Lied geschrieben. Für uns, die ein großes Herz für kleine Leute haben. Wenn Leute uns redlich nennen, dann deswegen, weil sie wissen, was sie an uns haben. Das werde ich den Königen sagen. Ich bin ein Redlicher. Auf „heilig" verzichte ich. Wer heilig ist, kommt in den Himmel, habe ich gehört. Da muss ich nicht hin. Mein Platz ist hier.

Nicht wie im vergangenen Jahr

Ob es dieses Jahr so sein würde wie vergangenes Jahr? Das Jesuskind lag in der Krippe, obwohl noch nicht Heiligabend war. Die Krippe hatte Monate lang im Keller gestanden. Auch der hl. Josef und zwei Hirten hatten schon den Weg nach oben gefunden – Josef in einen langen Schal eingehüllt, damit er sich nicht erkältete. Ein Hirte mit warmer Wollmütze; ein anderer mit übergroßen Handschuhen, die eine fromme Seele ihm geschenkt hatte. Im Keller war es während der Sommermonate empfindlich kühl.

Das Krippenkind wunderte sich über die Rituale, die sich Jahr für Jahr abspielten und immer die gleichen waren. Die Leute, die zur Krippe kommen würden, sagten vermutlich das Gleiche wie letztes Jahr. Dass ein kleines Kind in der Krippe lag, konnte nicht ungewöhnlich sein. Dennoch wurde ihm eine Zuwendung zuteil, die es sich nicht erklären konnte. Sein Geburtstag am 24. Dezember wurde so gefeiert, als würde die Geburt jetzt erst stattfinden.

Schade, dass es den Kalender mit den vielen Türen nicht fand, den ihm ein Junge letztes Jahr mitgebracht hatte. Man durfte täglich nur eine Tür öffnen, hatte er ihm zugeflüstert; aber er hatte es nicht geschafft. Heimlich hatte er hinter alle Türöffnungen geschaut, um nachzusehen, was sich dahinter verbarg. Dann hatte er sie wieder zugeklebt. Leider war dabei die letzte Tür abgebrochen, so dass schon das Kind zu sehen war, das in der Krippe lag.

Warten fällt schwer, hatte das Kind hinter der kleinen Tür dem Jungen zugeflüstert. Der schämte sich. Um sich für seine Neugier zu entschuldigen, hatte er dem Kind einen Kalender geschenkt. Vielleicht langweilte es sich und wusste nicht, wie lange es noch bis Heiligabend dauerte.

Aber der Kalender war jetzt nicht da. Das Krippenkind blinzelte vor sich hin. Vermutlich war es draußen schon Abend geworden. Durch das Seitenfenster seiner Behausung drangen ein paar Strahlen der rotglühenden Abenddämmerung herein. Die Engel waren mit Plätzchen-Backen beschäftigt. Am liebsten wäre das Kind aufgestanden, um die Leckereien zu probieren. Aber der Weg dorthin war weit. Außerdem wusste es nicht, wie viele Tage es noch bis Heiligabend waren. Dann musste es zurück sein. Eine leere Krippe würde alle in helle Aufregung versetzen.

Aber wäre das schlimm? Jedes Jahr dasselbe – das gefiel dem Krippenkind schon lange nicht. Es dachte nicht lange nach. Vom hl. Josef nahm es die warme Mütze, vom Hirten den langen Schal an sich. Die passten ihm zwar nicht, da es kleiner war als die beiden, aber es würde nicht frieren, wenn es unterwegs war. Schon stand es draußen. Der Himmel war nicht so rot wie vorher. In der Backstube war die Arbeit beendet.

Wohin konnte das Kind gehen? Es kannte sich nicht aus. Ein großes hell erleuchtetes Schild war nicht zu übersehen. „Weihnachtsdorf" stand in großen Buchstaben darauf. Dort bin ich richtig, dachte das Krippenkind. Am Eingang stellte sich ihm ein großer Mann in den Weg. „Wundervolle Adventskalender", rief er, „nicht teuer". Ein dicker Packen Kalender lag auf einem Tisch. Dreißig Millionen Adventskalender produzierte seine Firma jedes Jahr, bestückt mit zweitausend Tonnen Schokolade.

„Willst du einen haben?" fragte er das Kind. Es wollte, wusste aber nicht, welchen es nehmen sollte. Kosmetik-Kalender, Kalender mit Lego-Star-Wars-Figuren, Puppen-Kalender, Hunde- und Katzen-Kalender lagen da. Der Kalender des Jungen hatte anders ausgesehen. Das Kind konnte sich nicht entscheiden. Als der Mann ein Bündel Kalender einpackte, schlich es sich heimlich davon.

Trotz Schal und Mütze fror es. Und hungrig war es. Direkt neben den Kalendern wurde ein Weihnachtsmenü angeboten. Von den Speisen hatte es nie gehört. Gebratene Entenleber mit Maronencreme und Rotkohl-sauce. Eiskreationen mit Mandeln und Nüssen. Ein Fünf-Sterne-Koch bot die Gerichte an. Sterne entdeckte das Krippenkind keine. Außerdem versperrten die vielen Menschen den Blick auf den Himmel. Einkaufstüten schleppten sie mit sich. Es gab Rabatt auf alles, was in eine Tüte passte. Kostenlos konnte man sich verwöhnen lassen, wenn man die Gewinnspielfrage korrekt beantwortete. Das Krippenkind hatte zwar Hunger, aber ob es hier aber etwas zu essen bekommen würde, war nicht sicher. Ihm wären die Süßigkeiten lieber gewesen, die vom vergangenen Jahr übriggeblieben waren und noch in seinem Krippenbett lagen. Aber die Krippe war weit weg.

War es klug gewesen, sich auf den Weg zu machen? Wie viel Zeit hatte es, um rechtzeitig zurück zu sein? Fast hätte es den Engel übersehen, der ihm „Frohe Weihnachten" wünschte. War schon Weihnachten? Das Kind überlegte, wann es fortgegangen war und ob es seinen Geburtstag verpasst hatte. „Lieber Engel", fragte es verzweifelt, „kannst du mir den Weg zur Krippe zeigen? Ich muss dringend zurück."

Der Engel hatte Mitleid. Im Weihnachtsdorf konnte er morgen wieder „Frohe Weihnachten" wünschen. Jetzt wollte er dafür sorgen, dass das Krippenkind pünktlich zurück war, weil es von großen und kleinen Leuten erwartet wurde. Sie sollten nicht enttäuscht werden. Ihre Sehnsucht nach Frieden und Glück, nach Geborgenheit und Wärme, die in ihrem täglichen Leben vielleicht nicht genügend gestillt wurde, hofften sie beim Kind in der Krippe zu finden.

Als die ersten Besucher zur Krippe kamen, lächelte ihnen das Kind entgegen – wie im vergangenen Jahr.

Unerwarteter Besuch

Mit ihm hatte niemand gerechnet. Das Kind schlief. Die Hirten kümmerten sich um ihre Schafe, die Engel hatten sich in den Himmel zurückgezogen. Plötzlich war dieser Mann da; von niemandem bestellt, von niemandem erwartet. Er war überrascht. Mit einem Blick erkannte er, dass hier nichts zu holen war. So wie es aussah, waren die Leute selbst bettelarm, so wie er. Wer sollte ihm hier etwas geben?

Sich als hilfsbedürftiger Bettler auszugeben, würde ihm hier nichts nützen. In verschlissenen Klamotten, die Arme auf Krücken gestützt, suchte er auf belebten Einkaufsstraßen bei Passanten Mitgefühl zu wecken. Zwar meldeten sich Gewissensbisse, aber die verflogen, wenn abends Kassensturz machte. Meistens hatte es sich gelohnt.

Jeder ist sich selbst der Nächste, wenn es ums Überleben geht, dachte er. Rücklagen ließen sich nicht damit aufbauen. Verschwenderisch war sein Leben bisher nicht gewesen.

Hier war es wahrscheinlich nicht anders. „Geh mit Gott, aber geh", würde man sagen und ihn vor die Tür setzen. Mit Misstrauen würden sie ihn betrachten. Dennoch geschah nichts.

„Ich steh' an deiner Krippe hier." Dieses Lied hatte er als Kind gesungen. Den Folgetext, dass man gekommen war, um dem Kind etwas zu schenken, hatte er vergessen. Er stand nur da und starrte auf das Kind. Das schlief. Die Frau, wohl seine Mutter, warf dem Besucher einen kurzen Blick zu und nickte kurz. Der Mann, anscheinend der Vater, saß auf einem Schemel daneben. Er registrierte den Neuankömmling und wandte sich wieder von ihm ab.

Den Bettler, so nannte man ihn abschätzig in einem Atemzug mit Herumtreibern und Süchtigen, verunsicherte die Situation. Sollte er bleiben oder gehen? Wenn er blieb, was nutzte ihm das? Er räusperte sich, wollte auf sich aufmerksam machen. Nichts geschah. Ein Kribbeln in der Nase verursachte einen Nieß-Anfall. Keine Reaktion. Ob die Leute blind oder schwerhörig waren?

Er dachte an gestern, an den Zetteltrick. In einem Lokal hatte er einen Zettel auf einen Tisch gelegt, an dem ein paar Gäste saßen. „Bin taubstumm und bitte um eine Gabe" stand auf dem Stück Zeitungspapier. Unter dem Zettel lag das Handy eines Gastes. Als die Leute über seine Aufdringlichkeit schimpften und ihn aufforderten zu verschwinden, nahm er den Zettel an sich, auch das darunterliegende Handy, und verschwand. Er würde jemanden finden, der es eintauschte gegen etwas, das seinen Hunger und Durst stillte. Er hatte Verbündete.

Ein schlechtes Gewissen plagte ihn nicht. Den Chor der Entrüsteten überhörte er. Im Laufe der Zeit hatte er ein autistisches Desinteresse daran entwickelte, was andere von ihm hielten. Die Mehrheitsmeinung kannte er. Er gehörte zu den Störfaktoren einer auf Harmonie bedachten Gesellschaft. Ändern konnte er an der weit verbreiteten Meinung nichts.

Die Rollen von „gut" und „böse" waren verteilt und ihm vertraut. Er hatte sich mit dem Spruch aus Berthold Brechts „Drei Groschen" - Oper:

„Die einen sind im Dunkeln, die anderen sind im Licht." Weil er arm war und es zu nichts gebracht hatte, galt er auch moralisch als jemand, den man mied. Mit dem Alleinsein-Müssen hatte er sich abgefunden. Fremde Hilfe anzunehmen, widersprach seiner persönlichen Würde. Dennoch war er auf Hilfe angewiesen und erbettelte sie, wo er annahm, dass man nicht verächtlich auf ihn herabsah. Er hatte den Glauben daran verloren, dass es gerecht zuging in der Welt. Aber ein Rest Gläubigkeit aus Kindertagen war ihm geblieben.

Ein Franziskaner-Pater hatte ihn getauft. Bei ihm klingelte er gelegentlich, da dieser ein großes Herz und vor allem etwas zu essen und zu trinken hatte. Ihn faszinierte, dass der Pater einem Bettelorden angehörte. Deren Mitglieder legten ein Armutsgelübde ab und lebten vom Erlös ihrer Arbeit und von Almosen. Er war auch ein Bettler, Gleichgesinnter, Gleichbetroffener. Der Pater hatte sich für den Bettler-Orden, im Mittelalter Zufluchtsort für Leute, die hilflos waren oder ihren Halt verloren hatten, freiwillig entschieden.

Immer noch stand der Bettler vor der Krippe. Das Kind schlief. Die Umstehenden nahmen nach wie vor keine Notiz von ihm. Er schien nicht besonders aufzufallen in dieser Welt. Niemand hatte ihn hier erwartet, niemand hatte ihn vor die Tür gesetzt.

Auch das Kind war nicht in einer Krippe erwartet worden. Beruhigend und tröstlich wirkte das auf den Bettler. Schritt für Schritt schlich er aus der Kirche. Er ging, ohne von jemandem erwartet zu werden. Er blieb ein Obdachloser, Besitzloser. Aber warum sollte er sich sorgen? Er hatte nichts zu verlieren. Trotz seiner Verlorenheit hielt ihn ein unzerstörbares Etwas am Leben.

Er war arm, bettelarm. Aber er war unter Gleichgesinnten, Gleichbetroffenen. Und arm wie das Kind in der Krippe.

Kling-Glöckchen

Klingelingeling. Das Glöckchen soll Türen öffnen, weil draußen „so kalt ist der Winter". Im Orchester der lauten Klänge, im Getöse der Welt ist es nicht leicht, gehört zu werden. Zu Dekorationszwecken sind Glöckchen mutiert, zu zierlichem Beiwerk an Gewändern und Umhängen. Im Bund mit Engelchen und Sternchen fungieren sie als Tannenbaum-Zierrat. Glöckchen aus Silber und Bronze, aus Glas und Porzellan. Glocken mit Santa Claus-Emblem.

Kuhglocken hätten eine größere Chance, sich gegen den weihnachtlichen Lärmpegel durchzusetzen und nicht die Gewalt über den Lärm zu verlieren. „In den Städten werden Glocken übertönt und überlärmt durch andere Laute, erzeugt von Geräuschmaschinen. Wir leben nicht mehr in Glocken-Europa." klagt ein Historiker. Es stimmt. Glocken haben es schwer, dem Lärm zu trotzen. Es klingelt, bimmelt und jingelt dafür umso lauter in den Weihnachts-Kassen.

Wenn Weihnachtsglocken läuten, wird der Teufel milde, verspricht ein Tiroler Sprichwort und geht davon aus, dass sie laut genug läuten, um an des Teufels Ohren zu dringen. „Süßer die Glocken nie klingen als zu der Weihnachtszeit." Teuflische Mächte, wenn es sie geben sollte, werden nicht begeistert sein, wenn Glockenklänge die Weihnacht einläuten.

In Kindertagen war ich manchmal mit dem Pfarrer unseres Dorfs zu einem Kranken oder Sterbenden unterwegs, denen der Pfarrer die Kommunion ins Haus bzw. ans Bett brachte. Dabei trug ich eine Laterne in der Hand. Eine Kerze brannte darin. Am Griff war ein Glöckchen angebracht. Wenn Leute uns begegneten, musste ich es „bimmeln" lassen. Der Straßenlärm hielt sich in Grenzen. Bereitschaft und Fähigkeit, leise Töne wahrzunehmen, waren ausgeprägter vorhanden als heute. Die Vorbeigehenden sollten niederknien und ein Kreuzzeichen machen.

Da ich meine Freude an dem Bimmeln hatte, ließ ich das Glöckchen auch dann bimmeln, wenn weit und breit niemand zu sehen war.

Den Pastor brachte das in Rage. Er drohte, mich nicht wieder mitzunehmen, wenn er wieder zu Kranken gerufen wurde. Das aber wollte ich mir nicht entgehen lassen, da ich in der Regel mit einem kleinen Taschengeld vom Krankenbesuch nach Hause kam.

Das Kling-Glöckchen hatte seine Daseinsberechtigung. „Mädchen hört´s und Bübchen, macht mir auf das Stübchen." So wurde gesungen. Es bestand berechtigte Aussicht, dass Mädchen und Bübchen der Aufforderung des Glöckchens Folge leisteten.

Auch an größere Glöckchen knüpfen sich meine Erinnerungen: an die Glocken im Turm unserer Pfarrkirche. Drei Glocken waren im Krieg abmontiert worden, weil das in ihnen enthaltene Metall für die Rüstungsreserve bereitgestellt werden musste. Glocken waren wertvolles Kriegsmaterial. Sie wurden klassifiziert, auf „Glockenfriedhöfe" transportiert und eingeschmolzen. Glocken verstummten. Nur über dem Berliner Reichstag sollten in Nazi-Deutschland Glocken läuten. Dazu kam es nicht. Nach Kriegsende läutete am Schöne-

berger Rathaus in Berlin die Freiheitsglocke.
Im Lager Friedland läutete die Friedland-
Glocke für Vertriebene, Flüchtlinge und
Heimkehrer von den Kriegsschauplätzen.

„Süßer die Glocken nie klingen." Menschen
waren froh, dass es Töne und Stimmen gab, die
an Friede auf Erden erinnerten. „Friede sei ihr
erst Geläut" lautet die Forderung Friedrich
Schillers im Lied von der Glocke.

In unserer Dorfkirche hatten Kriegseinwir-
kungen den Läute-Mechanismus der verbliebenen zwei Glocken durcheinander gebracht.
Wenn ich in der Frühmesse als Ministrant
Dienst tat, musste ich, mit einer Laterne in der
Hand, die Wendeltreppe im Turm hochsteigen
und einen Hebel betätigen. Wenn die Glocken
wieder zu schwingen begannen, stellte ich mit
Genugtuung fest, dass sie auf mein Kommando
reagierten.

Selbst der liebe Gott habe es nötig, dass für ihn
die Glocken geläutet werden, sagt man in
Frankreich. Darüber dachte ich nicht nach.
Glocken sah ich als Rufer Gottes. Orientierung

boten sie in relativ uhrenloser Zeit. Sie riefen zusammen und setzten Menschen in Bewegung. Sie teilten Ereignisse mit von der Wiege bis zur Bahre und begleiteten Menschen in deren Lebensphasen. Dieselbe Glocke läutet zu Gewitter und Hochzeit, mahnt ein Sprichwort. Die Menschen wussten mit Ernest Hemingway, „wem die Stunde schlägt".

Dennoch traf und trifft die Botschaft nicht überall auf offene Ohren. Man klagt gegen das Glockenläuten, gegen heiligen Bimbam, gegen störende Bet-Signale, gegen Glocken als gesetzlich geschütztes Kulturgut. Dezibel-Werte werden gemessen. Sind sie zu hoch, werden die Lärm-Verursacher zum Schweigen gebracht. Glockenfreie Zonen müssen her. Kann man lärmgeplagten Ohren Glockengeläut nicht zumuten? Das schlesische Volkslied „Süßer die Glocken nicht klingen" erzählt von Friede und Freude. Darf das nicht mehr gelten? Anscheinend doch, weil das Lied immer noch ertönt. Trotz heiligem Bimbam. Anscheinend möchten mehr Menschen wissen, was die Stunde geschlagen hat, als manche es vermuten oder wahrhaben wollen.

Guck mal, das Schaf

Man hält mich für robust und genügsam. Das mag sein, aber seit Tagen liege ich auf der faulen Haut und muss mir das Gerede anhören. „Guck mal, das Schaf". „Passt es auf das Jesuskind auf, Mama?" Ich liege doch nicht deswegen hier. Gestern hätte ich aus der Haut fahren können. Der Frau mit dem Hut hätte ich gern meine Meinung gesagt, als sie mich ein dummes, furchtsames Schaf nannte. Das habe sie in einer Tiergeschichte gelesen. Gut, dass ich keine Bücher lese.

Wer ist hier dumm, wenn sie den Mann neben sich fragen musste, in welchem Ort das Baby auf die Welt gekommen sei. Der wusste das auch nicht, meinte aber, das müsse irgendwo in Ägypten gewesen sein. Ich habe ein gutes Langzeitgedächtnis und weiß, dass ich nie in Ägypten war.

Die Leute haben keine Ahnung. Auch der Junge nicht, der herumfuchtelte mit einem Tennisschläger. Wo in der Krippe der Weihnachtsmann sei, fragte er seinen Vater. Der zuckte mit den Schultern. Als der Junge ein zweites Mal fragte, zeigte der Vater auf das Kind. Als es erwachsen war, sei es der Weihnachtsmann geworden. Dann fügte er eine Bemerkung an, die mich beleidigte. Meinen Darm brauche man, um Tennisschläger zu bespannen.

Muss ich mir das anhören? Mir reicht es, wenn ich kahl geschoren werde und meine warme Wolle abgeben muss. Soll ich jetzt auch noch ein Stück Darm hergeben? Wenn ich tot bin, kann das Jesuskind von mir alles haben, auch mein Fleisch. Aber nicht jetzt schon. Am meisten freue ich mich, wenn Kinder mich besuchen. Gestern haben sie mir ein Lied gesungen. Ob sie dem Kind sagen wollten, dass es sich auf mich verlassen kann?

Vom Vater des Kindes haben die Leute keine gute Meinung. Obwohl er gewusst habe, dass seine Frau schwanger war, habe er mit ihr zu Weihnachten in Urlaub fahren wollen. Weit seien sie nicht gekommen. Weil alle Hotels ausgebucht waren, seien sie in dieser Notunterkunft gelandet. Die Leute haben Recht. Der Stall wurde für uns Schafe gebaut, nicht für schwangere Mütter. Sympathisch finde ich den Mann dennoch. Wenn erzählt wird, das Kind sei gar nicht von ihm, rechne ich es ihm hoch an, dass er die Frau nicht sitzen ließ.

Den Kindern, die gestern hier waren, danke ich, dass sie mir etwas zu essen mitbrachten. Eine große Tüte Plätzchen legten sie mir vor die Pfoten. Leckeres weiches Gras wäre mir lieber gewesen. Vielleicht kaufe ich mir das von dem Geld, das in den Kasten geworfen wird. „Für die Krippe" soll draufstehen. Andauernd macht es „klick" und „klack". Ob man bezahlen muss, wenn man mich besucht? Unsere Hütte hat dringend eine Renovierung nötig. Gestern sagte jemand, es sei besser, wenn man nichts hört, wenn Geld in die Kiste fällt. Je weniger man höre, desto mehr Geld sei es. Ich verstehe das nicht, will aber keine höheren Ansprüche stellen.

Morgen soll es voll werden. Kamele reisen an. Warum sind Kamele etwas Besonderes? Wir Schafe waren schon da, als das Kind geboren wurde. Jetzt erscheinen für zwei Tage Kamele, und schon gibt es ein Fest der Erscheinung, alles wegen der Kamele und der üppigen Geschenke, welche die mitbringen. Ich werde mir eine ruhige Ecke im Stall aussuchen und nicht erscheinen.

Eines muss man mir noch erklären. Wenn die Kamele fort sind, werden wir in eine große Kiste gepackt und weggestellt. Warum will dann keiner mehr etwas mit uns zu tun haben? Ich möchte wissen, wie das mit dem Kind weitergeht, wie die Eltern mit ihm fertig werden, welche Karriere es machen wird. Stattdessen stellt man uns irgendwo in die Ecke, so als sei nichts geschehen. Zwei Wochen lang werden wir bewundert, geknuddelt und verwöhnt. Danach interessiert sich keiner mehr für uns. Kann mir das einer erklären?

Die Kinder kommen

Sie saß immer auf dem Stuhl am Fenster, wenn ich Geschichten vorlas. Ich war mir nicht sicher, ob sie zuhörte; ihre Augen schienen nach draußen zu wandern und die matten Fensterscheiben durchdringen zu wollen. Jenseits des Fensters musste es etwas geben, das sie beobachtete. Oder wollte jemand kommen, den sie erwartete?

Irgendwann nahm ich die Gelegenheit wahr, mit ihr ein Gespräch zu beginnen. Ich lobte ihr Interesse an meinen Geschichten und zeigte mich erfreut, dass sie immer anwesend war. Sie hörte schweigend zu, die Augen fest auf das Fenster gerichtet. „Sie erwarten Besuch?" versuchte ich ein Gespräch mit ihr in Gang zu bringen. Als hätte sie auf ein Stichwort gewartet, erfolgte postwendend eine Antwort. „Die Kinder kommen. Sie sind gleich da."

In wenigen Tagen war Weihnachten. Schön, dass sie Besuch erhielt von ihren Kindern. Nicht alle Bewohner des Altenstifts konnten auf einen Besuch ihrer Angehörigen hoffen. Viele blieben allein. „Wohnen Ihre Kinder in der Nähe?" Ich nahm den Gesprächsfaden wieder auf. „Haben Sie Enkelkinder?" Meine Fragen schien sie nicht zu verstehen oder zu überhören. Daher fragte ich noch einmal. Die Augen der alten Dame blieben nach draußen gewandt, angestrengter als zuvor. „Die Kinder kommen", erwiderte sie.

War es freudige Erregung, die aus ihrer Antwort herauszuhören war? Waren es Wünsche, die sie äußerte? „Ja", sagte ich; „wahrscheinlich kommen sie heute." Irritiert zog ich mich zurück. Auf der Station erfuhr ich, dass Sohn und Tochter vor einem halben Jahr auf der Fahrt zu ihrer Mutter tödlich verunglückt waren. Niemand hatte sich dazu durchringen können, ihr die Nachricht zu überbringen.

Heute oder gestern waren keine erinnerbare Zeiteinheit und bildeten keine Orientierung. Ihre Zeitreise war rückwärtsgewandt. Körperlich war sie anwesend. Ihre Gedanken hielten sich in anderen Zeiten und Räumen auf.

Als ich das nächste Mal zur Lese-Runde kam, blieb der Stuhl am Fenster unbesetzt. Mein Blick durchstreifte den Raum. Die Gesuchte war nicht anwesend. Sie war am ersten Weihnachtstag zu ihren Kindern gegangen.

Auf der Flucht

Darauf waren sie nicht vorbereitet gewesen. Mehr als der Esel tragen konnte, hatten sie nicht mitnehmen können. Eile war geboten, denn mit Herodes, der ihrem Kind nach dem Leben trachtete, war nicht zu spaßen. Allerdings hatten sie an dem Ort, wo das Kind zur Welt gekommen war, nicht viel zu verlieren, noch weniger zu gewinnen. Um zu überleben, mussten sie hinter sich lassen, was ihnen kurzfristig vertraut geworden war, ein paar Hirten mit deren Schafherden. Die blieben zurück, weil sie dort zu Hause waren.

Wohin ihr Weg jetzt führen würde, war ungewiss. Es erging ihnen wie vielen vor und nach ihnen:

Millionen mussten in Folge der beiden großen Weltkriege ihre Heimat aufgeben in den deutschen Ostgebieten, in der Tschechoslowakei, in vielen Ländern. In alle Welt wurden sie zerstreut.

Hunderttausende Palästinenser mussten das

Gebiet des neu gegründeten Staates Israel verlassen.

Zwei Millionen Menschen verloren Haus und Heimat nach dem Bosnien-Krieg.

Ungezählt viele waren es, die vor den Repressalien des Hutu-Volkes in Ruanda die Flucht ergriffen. Mehr als zwei Millionen Menschen mussten in der Region um Darfur im Sudan ihr Zuhause aufgeben.

Nicht zu schätzen die Zahl derer, welche der syrische Bürgerkrieg aus dem Land trieb.

Unübersehbar viele, die immer noch ihre Heimat verlassen und, allen Gefahren trotzend, zu Land oder zu Wasser die „Gelobten Länder" im Westen Europas zu erreichen suchen.

Ausgebeutet und misshandelt, vertrieben und verzweifelt, heimatlos und staatenlos. Kein Dach über dem Kopf. Menschenunwürdigen Behandlungen ausgesetzt. Menschen auf der Flucht vor apokalyptischen Reitern. Wie in Bethlehem. Gotteskind und Menschenkinder.

Der Esel wunderte sich, dass sie ihn in die Wüste schickten, in den Sand vieler Jahrtausende. War ihnen bewusst, was sie auf sich nahmen? Illegal würden sie Grenzen passieren, Terrorgruppen aus dem Weg gehen müssen. Er zögerte und räusperte sich. Weder sich noch ihnen wollte er dieses Abenteuer zumuten. Wer hatte ihnen eine Sehnsucht-Heimat und goldene Berge versprochen?

Der Esel seufzte laut, dann trabte er weiter. Wer wusste, wofür der Aufbruch gut war? Dass dem Kind etwas zustoßen könnte, würde er zu verhindern wissen. Er würde allen zeigen, wie belastbar er war, wenn es darauf ankam. Er stieß ein deutliches I-A aus. „Jawohl" hieß das. Er wollte kein Streitgespräch anfangen, ein Zeichen seiner Großmütigkeit. Hoffentlich hatten sie es gehört und verstanden.

Geburtsanzeige

ein Kind
ein Junge
Mutter wohlauf
Entbindung im Stall

ein Kind
Türke?
Ausländer
wichtig?

ein Kind
na und?
ein Retter
ein Kind?

ein Kind
verändert die Welt
ist Zukunft
wie jedes Kind

Ein unbekanntes Licht

Es geschah zu einer Zeit, in der das Licht ratlos geworden war. Wenn es seinen Glanz über die Erde ergoss und seine Strahlen den letzten Winkel taghell ausleuchteten, stöhnten die Menschen über so viel unversöhnliches Licht. Vor lauter Licht konnten sie die Sterne nicht sehen. Nirgendwo ein Platz, wo sie sich verbergen, kein Ort, an den sie sich unbeobachtet zurückziehen konnten. Das Licht vertrieb alle Dunkelheit. Es raubte den Menschen Sinne und Schlaf.

Bedrohungsängste regten sich. Die Menschen ertrugen die gleißende Lichtfülle nicht. Sie schlossen Fenster und Türen, zogen eine Decke über den Kopf und hofften, dass es dunkler würde. Hautärzte warnten vor dem Licht. Sonnenstudios begrenzten das Strahlenspektrum der Solarien. Frauen dachten über die Vorteile der Verschleierung nach.

Das Licht verzweifelte an seiner strahlenden Größe. Es sah sich genötigt, weniger stark zu leuchten. Glücklich war es nicht, da es sich nicht vor sich selbst verstecken wollte.

Und es kam eine Zeit, in der statt Licht Dunkelheit auf der Erde herrschte. Alles Leben drohte zu ersticken. Das Leben misslang. Was groß werden wollte, blieb klein. Was sich nach Sonne und Licht sehnte, verkümmerte. Die Menschen sehnten sich nach etwas, das Licht in das Dunkel brachte.

Eines Tages verbreitete sich eine Nachricht auf der Erde. Ein ungewöhnliches Licht sei am Himmel gesichtet worden. Von einem Stern war die Rede. Da man nicht wusste, was es damit auf sich hatte und ob er Segen oder Fluch bedeutete, machte sich Unsicherheit breit.

Wetterpropheten hatten keine Erklärung für das unbekannte Licht. Satelliten, welche die Vorgänge in der Erdatmosphäre beobachten, hatten das Licht nicht registriert. Astrologen waren ratlos. Was konnte es mit einem Licht auf sich haben, das plötzlich da war? Ratsuchende und Ratgeber hatten Hochkonjunktur. Die Macht der Phantasie beflügelte die Gerüchte-Börse. Unheils- und Weltuntergangs-Propheten überboten sich mit Schreckensnachrichten. Das Ende der Menschheit sei gekommen, warnten einige und verbreiteten Anweisungen, was zu tun sei. Was ich nicht weiß, macht mich nicht heiß, trösteten sich andere. Sie setzten darauf, dass es sich um ein vorübergehendes Phänomen handelte und dass sich das Leben normalisieren werde.

Das unbekannte Licht zog seine Bahn. Und es kam eine Zeit, dass sich die Menschen an das Licht gewöhnten und sich mit ihm vertraut machten, obwohl sie rätselten, woher es kam und was es bedeutete. Auf den Balkonen der Häuser leuchteten erste bunte Ketten. Hier und da funkelten Lichter-Netze in Bäumen und Sträuchern. Lichter-Schmuck erleuchtete die Vorgärten. Hinter großen und kleinen Fensterscheiben strahlten Sterne.

Dem Licht gefiel es, von den Menschen angenommen und angenommen zu werden. Es verschaffte ihnen ein neues Lebensgefühl. Ein Licht ging den Menschen auf. Sie öffneten Türen und Fenster und ließen es herein. Die Menschen spürten, dass sie nicht in

Dunkelheit und Angst zu leben brauchten.

Aber sie mussten das Licht zulassen und ihm einen Platz in ihrem Leben einräumen. Wenn sie nur im Aufmerksamkeitsschatten täglicher Ereignisse verharrten, konnte es wieder dunkel werden. Wenn sie sich dem Licht verschlossen, das behutsam seine Strahlen aussandte, konnte das Licht leuchten, wie es wollte – es blieb dunkel auf der Erde und im Leben der Menschen.

Hoffnung und Zuversicht, dass das Leben gelingt, haben eine Chance, wenn sich die Menschen auf jenes Licht einlassen. Weihnachten erinnert daran.

Weihnachten auf Antigua

Ich kenne Leute, die Weihnachten zum Christkind nach Mallorca fliegen. Mein Kind in der Krippe besuchte ich auf der Kleinen Antillen-Insel Antigua in der Karibik. Die Bevölkerung ist afrikanischen Ursprungs, Nachkommen von Sklaven, die auf die Zucker-rohrplantagen verschleppt wurden. Ein Zeitungsartikel versprach „365 Strände und ein Lächeln", „Einfach die Seele baumeln lassen", „Paradies für Brautpaare und Prominente". Traf für mich nicht zu. Dennoch fuhr ich hin.

Die Kathedrale der Hauptstadt St. John's liegt nicht am Strand. Daher war ich allein. Bei einem Erdbeben wurde sie stark beschädigt. Weitere Beben, Termiten und der allgemeine Verschleiß haben ihren Tribut gefordert. Ich saß auf einer Bank im Innenraum der Kirche. Die hölzernen Balken, der Bodenbelag und die schmuckvollen Balustraden waren in jämmerlichem Zustand. Überall senkrechte Risse. Niemandem fällt das auf. Die Kirche steht nicht am Strand.

„PEACE ON EARTH - GOOD WILL TO MEN" las ich auf einem Spruchband über dem Einkaufs-Shop. „Guten Willen" posaunte der Engel auf die Menschen herab. Guten Willens schienen sie zu sein. Aber ihre Kartons und Einkaufstüten waren nicht gefüllt mit Genießer-Artikeln, die „la deutsche vita" im Urlaubsparadies benötigt.

In den holprigen Straßen der quirligen Hauptstadt dominierten schwarze Marktschreier, Feilscher und rundliche Mütter mit ihren Kindern. Die Tüten waren Überlebenstüten, nicht Wohlstandtüten. „PEACE ON EARTH, Friede auf Erden" – hat man das schon einmal definiert?

Mein Weg führte an einer Schule vorbei. „Silent night, holy night", drang es nach draußen. Ich betrat einen weihnachtlich geschmückten Raum. Mütter und Kinder, viele Kinder, bei einer Weihnachtsfeier. Programm-Zettel lagen aus. „Poem Christmas Joy", "Poem Bells of Bethlehem" und natürlich "Song Jingle Bell". Ich blieb. In der Nähe der Krippe stand ich. Ein dunkelhäutiges Kind lag darin. Zuerst sang ich leise, dann lauter mit.

Es gebe auf der Insel unberührte, einsame Robinson-Strände, hatte ich gelesen. Die schönsten seien mit dem Boot zu erreichen. Dorthin waren wahrscheinlich die Weihnachts-Touristen unterwegs.

Eine Krippenszene auf dem Marktplatz stellte eine andere Welt vor. Die Krippe war umlagert von Groß und Klein, von schwarz Groß und Klein. Ich weiß nicht, wer die Krippe besorgt hatte – diese Personen mit den dunklen Gesichtern. Die Leute standen, hingen oder saßen davor. Sie lachten und schwatzten. Strandleben konnte nicht schöner sein.

Meine weißen Landsleute übten sich derweilen in der höheren Form des Nichtstuns. Zur Mittagszeit wurden am Strand eisgekühlte Handtücher verteilt, damit es auf den Sonnenliegen nicht zu heiß wurde.

Weihnachten auf Antigua. Nicht alle haben das Christkind gesehen.

Die lebende Krippe

Die Tradition hatte sich bewährt und sollte beibehalten werden. Weihnachtszeit war Krippenzeit. Nicht nur Lichterglanz-Folklore, in deren Glanz man sich sonnt. Nicht nur gefühlsselige Momente und Wochen kollektiver Ergriffenheit. Auf dem Marktplatz der Vorstadt-Gemeinde hatte die Krippe seit Jahren ihren angestammten Platz, inmitten von Marktständen und vorweihnachtlich hektischer Betriebsamkeit.

Keine Krippe mit angestaubten Figuren, die das Jahr über ein Keller-Dasein fristeten, sondern eine lebende Krippe. Leibhaftige Personen, ehren- und weniger ehrenwerte Bürger der Stadt verwandelten sich in Maria und Josef, in Hirten und Sterndeuter. Ochs und Esel zogen vom Stadtrand auf den Marktplatz um. Ein Schäfer, hauptberuflich bei der städtischen Müllabfuhr beschäftigt, stellte einige Schafe zur Verfügung. Die wichtigste Person musste Jahr für Jahr neu bestimmt werden. Ein neugeborenes Kind konnte nur einmal als Kind in der Krippe liegen. Daher musste sich zur rechten Zeit männlicher Nachwuchs einstellen, der die verantwortungsvolle Rolle des Krippenkindes übernehmen konnte.

Bisher hatte sich das als unproblematisch erwiesen. Aber in diesem Jahr schienen werdende Eltern bzw. gebärwillige Mütter nicht bedacht zu haben, dass eine Niederkunft kurz vor Weihnachten ins Krippen-Konzept der Stadt passen und den Krippenkind-Bedarf auf dem Marktplatz sichern musste. Woher ein Kind nehmen, wenn kein Kind geboren worden war? Es lag keines griffbereit im Schnäppchenregal.

Pressevertreter entwarfen leserwirksame Schlagzeilen für den Fall des Falles, der nicht eintreten durfte. Wie konnte geschehen, was nicht zu geschehen hatte? Welche Fehlplanung war für ein mögliches Dilemma verantwortlich? Zeiten himmlischer Ruh waren vorbei.

Eine Woche vor Heiligabend sickerte die Nachricht durch, ein junges Paar, das auf der Fluchtroute aus einem fernen Land in dieser Stadt gestrandet war, habe unterwegs die

Geburt seines Sohnes erlebt. Zwei junge Menschen, auf dem Weg vom Heimatland nach Niemandsland, waren Eltern geworden, ohne zu wissen, wohin sie und ihr Kind gehörten und wo sie mit ihm ankommen würden.

Auch den sich zuständig fühlenden städtischen Krippen-Planern kam die Nachricht, die sie für ein Gerücht hielten, zu Ohren. Sie konstatierten, dass der Neuankömmling ein Junge, aber kein amtlicher Bürger der Stadt war. An eine Krippe mit einem namenlosen, heimatlosen, nicht ortsansässigen Kind dachten höchstens realitätsferne Traumdeuter. Tradition blieb Tradition.

Migranten, die in jenen Tagen in Wellen das Land überspülten, wollte man nicht abweisen; es musste eine Bleibe für sie gefunden werden. Aber ein Kind, dessen Zugehörigkeit und Identität erst noch zu klären war, kam als Krippenkind nicht in Betracht. Nach welcher Ausrede hätte man gesucht, wenn Gäste aus Nachbar-Gemeinden erfuhren, dass ihnen ein Krippenkind untergeschoben wurde, das nicht in diese Stadt gehörte?

Die Zeit drängte. Erste Besucher interessierten sich für das über die Stadt hinaus bekannte Ereignis. Eine lebende Krippe ohne Kind war nicht zumutbar. Die Glaubwürdigkeit der Stadt, der Stadtväter und Stadtmütter stand auf dem Spiel. Was sich zur Bedrohung auszu-wachsen drohte, musste verhindert werden. Selbst wenn man alles falsch machte, was falsch zu machen war – ein neugeborenes Kind musste gefunden werden. Man war nicht nur der Wahrheit, sondern auch dem Ansehen der Stadt verpflichtet.

Am Heiligen Abend, als die Glocken die Botschaft „Ein Kind ist uns geboren" über den Dächern der Häuser verkündeten, strahlte ein Neugeborener in eine ihm fremde Welt, die ihn nicht willkommen geheißen hatte, obwohl sie ihn erwartete. Alle, die sich verantwortlich fühlten; alle, die zwischen Abwehr und Für-sprache, zwischen Aufbruch und Verunsiche-rung geschwankt und mit Erschütterungen des eigenen Lebens zu tun hatten, waren stolz, gewohnte Planungs- und Gehwege verlassen zu haben.

Für Flüchtiges und Flüchtende, für Geflüchtete und Angekommene, für Menschen ohne sichere Zukunft, die dennoch ein Recht auf Leben hatten, gab es Herberge in der Stadt, anders als damals in Bethlehem.

Die Glocken trugen die Nachricht hinaus von der lebenden, am Leben orientierten Krippe. Ein unverhoffter göttlicher Lichtstrahl fiel in die von Menschen gestaltete kleine Welt, in der sich bisher Unvereinbares miteinander versöhnt hatte.

Raus damit

Ich glitzerte und strahlte. So schön wie ich war niemand weit und breit. Von überall her kamen die Leute und bewunderten mich. Stolz wuchs ich über mich hinaus. Auf alle sah ich herab. Ich schmiedete Pläne, wie ich noch heller strahlen konnte.

Das war bis gestern so. Heute Vormittag hat mich eine Krake am Schopf gepackt, in die Höhe gerissen und mich auf ein großes Fahrzeug geworfen. Unsanft landete ich auf dem Boden. Meine Glitzerketten und bunten Kugeln zerbrachen. Warum hat man mir das angetan?

Weg damit, sagte der Mann, der mich aus meinen glänzenden Träumen riss. „Warum?" fragte ich. „Wir sammeln ausgediente Weihnachtsbäume ein." Das habe in der Zeitung gestanden, brummte er vor sich hin. Für Zirkus-Elefanten seien sie ein Festschmaus. Ich aber soll an einen Weihnachtsbaum-Sammelplatz gebracht, wie unbrauchbares Zeug auf einen Haufen geworfen und verbrannt werden.

Andere Tannenbäume würden aus dem Fenster auf die Straße geworfen. Es gebe sogar eine Weihnachtsbaum-Weitwurf-Meisterschaft. Wer einen Baum am weitesten werfe, erhalte eine Urkunde.

Entwürdigend nenne ich das. Keine Miene verzog der Mann. Die schlechte Nachricht für mich hielt er für eine gute. Hatte er vergessen, dass er zu denen gehörte, die mich vor nicht allzu langer Zeit zum Glänzen gebracht hatten? Jetzt tat er so, als hätte es die Glanzzeit nie gegeben. „Besondere Dinge brauchen einen besonderen Ort", lobte er mich, als er mithalf, mich auf dem Marktplatz aufzustellen. Jetzt ruft er wie andere: „Weg mit ihm." „Raus mit ihm." „Entrümpeln befreit." „Kommt Neues ins Haus, fliegt Altes heraus." Warum sie mich kürzlich hierher geholt, warum sie mich aufgestellt und geschmückt haben, sagt niemand.

Was habe ich falsch gemacht? Habe ich nicht hell genug geleuchtet? War ich nicht groß genug? Niemand antwortet. Ausgedient hätte ich, höre ich sie sagen. Reif für den Müll sei ich. Wie Falschgeld werde ich behandelt. Wie

Blendwerk geht man mit mir um, mit dem man nichts anfangen kann. Aufschreien möchte ich und protestieren gegen das Vergessenwerden, gegen das Überflüssigwerden. Aber wer hört mich? In den Wald zu meinen Verwandten darf ich auch nicht. Müll gehöre nicht in den Wald, sagen sie. Müllbeseitigung im Wald sei verboten.

Es wird ihnen leidtun, so mit mir umzugehen. Ich weiß, wie schwer es ist, sich von Dingen zu trennen, die man liebgewonnen hat. Menschen sind Gewohnheitstiere; sie halten auch dann an etwas fest, wenn sie es nicht mehr brauchen. Wer mich gern hatte und leuchten gesehen hat, kann mich nicht einfach vergessen und wegwerfen. Er wird nach mir fragen. Loslassen ist nicht so leicht, wie behauptet wird. Aus den Augen, aus dem Sinn? Das glaube ich nicht. Außerdem will ich nicht als Abfall auf der Mülldeponie landen und zum Himmel stinken.

Ich bleibe Weihnachtsbaum, auch wenn man mich gedemütigt hat. Wertvoll und liebenswert war ich. Daher kann ich nicht minderwertig geworden sein. Ich hatte meinen großen Auftritt auf dem Markt. Die Leute bewunderten meine bunten Kugeln. Sie erfreuten sich an meinen leuchtenden Kerzen. Und ich liebte die Menschen, weil es mir guttat, bewundert zu werden. Wir waren ein Traumpaar. Liebevoll und respektvoll war unsere Beziehung. Dass ich einmal unansehnlich würde, ahnte ich nicht. Das kann aber kein Grund sein, mich jetzt fallenzulassen. Wenn ich auch nicht weiß, was sein wird – ich gebe nicht auf. Ich bin kein Relikt von gestern und muss keinen Qualitätsnachweis führen.

Hört mich jemand? Oder ist es zu spät?

Wohin mit dem Geschenkpapier?

Bisher habe ich es immer gesammelt, mühsam die Klebestreifen entfernt, oft wieder glatt gebügelt. Zu schade, Wiederverwendbares weg zu werfen. Ich kann es bestimmt noch einmal brauchen. Auch die Bänder, Schleifen, Engelchen und Sternchen. Jetzt ist Schluss. Einen vollen Karton habe ich gesammelt. Wofür? Weg damit. Wenn ich wieder etwas einkaufe, um es zu verschenken, lasse ich es gleich einpacken. Weh tut es mir schon. Aber im nächsten Jahr ist anderes Papier modern.

Bisher habe ich die übrig gebliebenen Kerzenstummel in eine Dose gepackt. Teilabgebrannte, halb abgebrannte weiße, rote und gelbe Kerzenstummel. Gesteckkerzen, Adventskerzen, Weihnachtsbaumkerzen. Wild durcheinander liegend, fragen sie sich, ob sie noch einmal am Weihnachtsbaum oder auf dem Kerzenständer brennen werden.

Die Hoffnung trügt. Soll am Ersten Adventssonntag eine Secondhand-Kerze brennen, obwohl es die erste Kerze ist? Wie sieht ein

Adventskranz aus mit vier halb- oder viertel abgebrannten Kerzen? Kann ich nicht machen. Sie bleiben im Karton. In diesem Jahr werde ich alle Kerzen ausbrennen lassen. Reste bleiben übrig, aber nicht so viele wie sonst. Mal sehen, wo ich sie lasse. Sammeln werde ich sie auf keinen Fall. Die Dose stelle ich vorerst in den Keller. Irgendetwas wird mir im Laufe des Jahres einfallen.

Bisher habe ich alles ausgepackt, was mir geschenkt wurde. Zum Glück kann mir nicht passieren, was ich jetzt beim Auspacken meiner Geschenke entdeckte. „Liebe Grüße zum Geburtstag von Tante Änne". Liebevoll steht es geschrieben auf der beigefügten Karte. Ob ich Tante Änne anrufen soll? Wahrscheinlich werden Geschenke gehortet wie Weihnachtspapier. Sie waren wunderschön eingepackt. Viel zu schade, um sie aufzureißen. Danke, Tante Änne.

Bisher habe ich mich immer in die Mitternachtmette gequetscht. Eine halbe Stunde vor Beginn war kein Sitzplatz mehr frei. Erstaunlich, wie viele Weihnachtschristen nach

Kartoffelsalat und Würstchen noch Appetit haben auf „Stille Nacht, heilige Nacht". Aber was wollen sie so früh in der Kirche? Vielleicht wissen sie nicht, wann es anfängt. Einer fragte telefonisch an, ob ich ihm sagen könne, wann Einlass sei, was der Eintritt koste, wann es ungefähr zu Ende sei.

Eine ganze Bankreihe war reserviert. Als ich zehn Minuten vor Mitternacht einen Sitzplatz suchte, raunte man mir zu, die Bank sei besetzt. Das könne ich nicht erkennen, entgegnete ich. Ja doch, wurde gestikuliert. Oma und Opa, die Kinder und Onkel Hermann kämen noch. Als nach Eingangslied, Begrüßung und Choral die Bank immer noch frei war, schmiedete ich Pläne für die Christmette im kommenden Jahr. „Wegen Renovierung geschlossen". Ein Schild vom Umbau eines Ladens liegt bei mir im Keller. Heiligabend hänge ich es an die Kirchentür hängen. Kurz vor Gottesdienst-Beginn hänge ich es ab. Vielleicht finde ich dann Platz.

Bisher habe ich alle Weihnachtspost gesammelt. Auch Glückwünsche mit Tannenbaum-

Motiv und Sanddünen, abgeschickt aus der Karibik oder von der Wüstensafari. „Hier ist es toll." „Bescherung ist all inclusive." Solche Grüße bringen mich ins Schwärmen oder ins Grübeln. Warum mache ich mir jedes Jahr diese Arbeit und tue mir den Vorbereitungs-Stress an, wenn alles „all inclusive" geht? Wenn hier kein Schnee fällt, ist es dann nicht egal, wo ich Geschenke auspacke?

Für das nächste Weihnachtsfest lasse ich mich frühzeitig beraten. Ich brauche weder Kerzen noch Geschenkpapier noch. Für die Party am Strand muss ich keine Bank reservieren.

Weihnachten all inclusive. Warum habe ich das nicht gewusst?